潘步钊◎著

小说里的中国文学

JINYONG
XIAOSHUO LI DE
ZHONGGUO
WENXUE

（增订版）

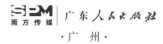

南方传媒 广东人民出版社

·广州·

图书在版编目（CIP）数据

金庸小说里的中国文学／潘步钊著. —增订版. —广州：广东人民出版社，2023.10

大湾区专项出版计划

ISBN 978-7-218-15669-9

Ⅰ.①金… Ⅱ.①潘… Ⅲ.①金庸（1924—2018）—侠义小说—小说研究 Ⅳ.①I207.425

中国国家版本馆 CIP 数据核字（2023）第 170628 号

本书原由三联书店（香港）有限公司以书名《金庸小说里的中国文学》出版，现经由原出版公司授权广东人民出版社有限公司在中国内地地区独家出版、发行。

JINYONG XIAOSHUO LI DE ZHONGGUO WENXUE（ZENGDINGBAN）

金庸小说里的中国文学（增订版）

潘步钊 著

版权所有　翻印必究

出 版 人：肖风华

责任编辑：林　俏
封面设计：奔流文化
责任技编：吴彦斌　周星奎

出版发行：广东人民出版社
地　　址：广州市越秀区大沙头四马路 10 号（邮政编码：510199）
电　　话：(020) 85716809（总编室）
传　　真：(020) 83289585
网　　址：http://www.gdpph.com
印　　刷：广州市豪威彩色印务有限公司
开　　本：787mm×1092mm　1/32
印　　张：7　字　数：156 千
版　　次：2023 年 10 月第 1 版
印　　次：2023 年 10 月第 1 次印刷
定　　价：48.00 元

如发现印装质量问题，影响阅读，请与出版社（020-85716849）联系调换。
售书热线：(020) 87716172

增订版序

《金庸小说里的中国文学》出版后，对金庸武侠小说的看法，感到仍然言犹未尽，本希望将来有机会再积字成文，出版与读者分享。正在思量筹想，出版社就通知我，初版已经售罄要再版，希望我可作些增订。本书得到喜爱和鼓励，我要感谢金庸，更要感谢支持的读者！

再版除勘订了初版时一些不小心的校误，编辑也建议我可新加一些文字，丰富增订版的内容。金庸小说，我最喜欢《射雕英雄传》和《笑傲江湖》。令狐冲的自由隐逸，率性疏狂，少年时代特别喜欢，情感上非常向往投入，深信贴近自己个性；但年纪渐长，对《射雕英雄传》展现的儒家气魄风神，喜欢之外，多了几分倾倒拜服，甚至影响日常生活的价值观。虽然女读者们未必认同，但郭靖与黄蓉的爱情故事，令我读得最代入心折，而且非常能够展现中国文学传统，于是我加了一篇附录《由红拂到黄蓉：金庸笔下的女性慧眼》。

遍读金庸武侠小说，郭靖和黄蓉，是我最喜欢的金庸小说情侣，而且他们爱得合情合理。我常跟学生说，人生在世，做杨过容易，做郭靖就很困难，做郭靖的妻子更困难。记得当年电视剧主题曲的歌词，"人海之中，找到了你，一切变了有情义……"，写得简单而深刻。人海中，相遇相知，相爱相伴，郭靖与黄蓉执手 生的故事，我实在喜欢，于是借再版的机会，就多说几句。

前　言

金庸的武侠小说风行海内外，最初在报纸上连载，其后由伟青书店作单行本出版。二十世纪七十年代，金庸开始着手修订全部作品，历十年完成。在香港，由明河社出版，一般称为"修订版"。本书写作，所据的主要是这版本。一九九九年开始，金庸再一次修订全部作品，是为"新修版"。

本书分上下两卷。上卷共分九章，前八章就中国古典文学的不同体裁，引录金庸武侠小说中对该类文体的引用，指出出处，也会分析其中运用的精妙。为了较容易理解，也希望能令读者多认识中国文学，因此在每一章节的开头部分，会简介该文体在中国文学史上的发展和特点。第九章则就中国文学的某些意象或情境处理，分析金庸引用时的方法和特点，让读者明白金庸小说除了中国文学作品外，同时包含许多中国文学常用的意象和处理手法。下卷则取不同进路，以综论形式，析论金庸小说作为中国文学的一种，固然如上卷所述，展现不同的中国古典文学元素，而更重要的是，金庸作为武侠小说名家，如何上承中国人文传统和民族形式，在文学、文化和历史多方面和多层次的浸淫，结合西方文学与现代艺术技巧，融会贯通，写出优秀无比，中国文学史上独有的新派武侠小说。

本书写作动机是希望帮助一般读者欣赏金庸武侠小说，特别是金庸作品中的中国文学成分，同时倒过来，认识金庸小说在中国文学中的地位，甚至是作为二十世纪五十年代开始出现的出色而具中国传统形式的小说。这些，既有助认识金庸小说，也有助认识中国文学。读者对象只是普罗读者，因此不采用学术论文形式，行文过程，力求语言浅白，除了必要的引用，都不另作注释。虽有引用其他论者的说法，但主要仍是借金庸自己的语言、小说中的故事情节和文学处理来印证。因为我相信：通过金庸的语言和文字，认识金庸的小说和金庸小说里的中国文学，既合理，也合情。

目　录

上卷

金庸小说里的中国文学

第一章　诗歌

　　诗歌，是中国文学中极其重要的体裁，中国被称为诗之国度；唐诗，则是中国古典文学最具代表性的作品，也达到中国古典诗歌艺术的最高峰，展现恢宏、立体多元的气象风神和文化景况。用中文写成的诗歌，除了在新文学运动之后出现的白话诗外，在古典文学中主要分"近体诗"和"古体诗"两种。"近体诗"是到了唐代才出现，有格律的要求，所谓"近"，是相对唐代人来说。唐代之前，诗人写的诗，没有严格的格律要求，称为古体诗。唐代之后，中国的诗人就可以选择其中一种来写，为了方便阐述，本章不按时代先后分，前部分先谈"唐代的诗"，不分体裁，唐代以外的其他诗歌在后部分再谈。

　　无论是哪种体裁，中国诗歌创作的巅峰时代是唐朝，鲁迅说："我以为一切的好诗到唐都已做完。"（《致杨霁云》）说法虽然有点夸张，但唐代诗歌成就独步中国上下数千年，绝对无大异议。这不纯粹关乎文学技巧手法的高下，而是中国古典诗歌，发展至唐朝，无论是体制格律、题材内容、技巧手法，以至优秀诗人数目和作品风格，全都进入成熟丰富、多元多彩的时期，而且深深地渗入了整个民族的生活和文化之中。所以袁行霈在《唐诗风神及其他》一书中说："在唐朝，诗歌的各种体裁已经齐备，它们所特有的表现力已发挥到极致，各种风格也都出现了，而且诗的作者和读者已相当广泛，诗和日常生活结合得相当紧密。"中国的旧体诗，在唐朝大体已经完成了体制的发展，唐以后，在写法和意蕴方面，即使仍随不同时代而有所侧重，像宋诗的讲理趣和散文化，但在体例格律方面，除了宋元之后词曲的出现，并无什么改变。

金庸武侠小说中，引用唐诗的地方很常见。最直接，也最容易令人联想到的，是写于一九六五年的《侠客行》。这部作品的书名，就直接取自唐代诗人李白同名的五言古风作品，而且在小说开头，引录了全诗：

> 赵客缦胡缨，吴钩霜雪明。银鞍照白马，飒沓如流星。
>
> 十步杀一人，千里不留行。事了拂衣去，深藏身与名。
>
> 闲过信陵饮，脱剑膝前横。将炙啖朱亥，持觞劝侯嬴。
>
> 三杯吐然诺，五岳倒为轻。眼花耳热后，意气素霓生。
>
> 救赵挥金锤，邯郸先震惊。千秋二壮士，烜赫大梁城。
>
> 纵死侠骨香，不惭世上英。谁能书阁下，白首太玄经？

李白是中国诗歌史上顶尖的人物，有"诗仙"的称号。根据清代王琦注的三十六卷《李太白文集》，这首诗收于卷四的最后一首。在李白作品中，这首诗并不属于最受重视的一批，在蘅塘退士选辑的《唐诗三百首》和二十世纪八十年代上海辞书出版社编选的《唐诗鉴赏辞典》，选录赏析了近一百一十首李白各体诗歌，均没有选录此作品。虽然如此，此诗在李白诗中，仍然有独特的地位。

《侠客行》一诗，是李白首次入长安期间所作。"侠客行"，是乐府《杂曲歌辞》旧题。中国文学中的旧体诗歌，主要分近体诗和古体诗两类。在近体诗形成以前，除楚辞体外的各种诗歌，都称为古诗或古风。形式格律和字数用韵等方面，都比近体诗自由。至于近体诗，则是指在唐代形成的格律诗体，说是"近体"，是与"古体"相对而言，主要分律诗和绝句两种，亦有十句以上的排律，这首《侠客行》则属于古风。

在金庸武侠小说中，这首诗除了作为书名，也是书中人物争夺的武功秘籍的载体。整体而言，此诗与书中内容的扣连不多，末尾在侠客岛上，群雄痴迷于二十四个石室中的武功记载：

> 当下各人络绎走进石室，只见东面是块打磨光滑的大石壁，石壁旁点燃着八根大火把，照耀明亮。壁上刻得有图有字。石室中已有十多人，有的注目凝思，有的打坐练功，有的闭着双目喃喃自语，更有三四人在大声争辩。（第二十回）

二十四句诗是绝世武功的载体，作者在书中亦引用了不少笺疏文字，但诗意与故事关系不大。相反，主角石破天因为不认识字，只看人像图画，反而领悟其中的武学要旨，练成神功。破除智障，直指本心，这里作者或者另有深意，正如陈墨所说：

> 小说的结尾再一次大大地出乎人们的意料之外，即这一套《侠客行》的绝世武学，明明来自李白的古风长诗，并且配以图画与注解，以至大家纷争迭起而无法统一，这理当是有文化的人干的勾当，但结果却被小叫化这位没文化、一个字也不识的少年所破解。而其奥秘，则正在于他不识字……实是一个极深刻的有关人类真理与知识追求的哲学寓言：最简单、最明白的东西常常是最本质的东西。①

不少人读《侠客行》，都认为有很强的寓言味道。金庸写此书别有幽思，其实并不难看出。他在《"明月"十年共此时》（《明报月刊》第一百二十一期，一九七六年一月）重述石清的话，也很清楚表达了：

> 如有人要扼杀我们的子女，或许他的确该杀，或许他当真犯了弥天大罪，是非善恶，不是我们所能肯定判断的，但我们非将他藏起来不可。我在"侠客行"小说中写过一段话：

---

① 陈墨：《陈墨评说金庸》，三联书店（香港）有限公司，2016年，第402、405—406页。

"石清心中突然涌起感激之情：'这孩儿虽然不肖，胡作非为，其实我爱他胜过自己的性命。若有人要伤害于他，我宁可性命不在也要护他周全。今日咱们父子团聚，老天菩萨，待我石清实是恩重。'双膝一曲，也磕下头去。"

我们办这个刊物，无数作者和读者支持这个刊物，大家心里，都有这样一份心情。

当时内地的"文化大革命"火热通红，金庸在书中写了一个不肖之极的石中玉，别有怀抱，非常明显。他在一九七七年写的《侠客行·后记》里，说得更清楚："一九七五年冬天，在'明报月刊'十周年的纪念稿'明月十年共此时'中，我曾引过石清在庙中向佛像祷祝的一段话。此番重校旧稿，眼泪又滴湿了这段文字。"因此《侠客行》在金庸小说中，是一部很特别的小说，不能被忽略，像倪匡说它在金庸小说排名第十，就未必完全理解作者心意和安排了，虽然在小说的《后记》，金庸也没有说到引用这首诗的寓意，只是当中隐约透露表达的，并不难领会。除了这首唐诗，《侠客行》全书，写到诗词文学的地方，几乎绝无仅有，只引用了宋代姚宽所记的"自出洞来无敌手，得饶人处且饶人"两句原是说下棋的诗句。

另一部作品，原名《素心剑》的《连城诀》，唐诗也是重要的载体，在第一回开始，就写到剑法、剑招，都是由唐诗化出来。书中人人争夺的绝顶武功"连城剑法"，就是"唐诗剑法"，藏着绝顶剑法的剑谱，就是一本唐诗选集，表面看起来和普通的唐诗选集没区别，实际上剑谱中藏着数字，浸水后就会显示出来，通过这些数字，可以从唐诗选集中组合文字，便可找到宝藏，而"连城诀"就是指这些数字。这虽是书中至关重要的情节之一，但和唐诗其实没有什么紧密和必然的关系，改成"宋词"或"元曲"，也无不可。勉强将唐诗在中国文学上的价值比拟连城之意，说得通，但在文学联想未见有很大艺术效果。

所以说《侠客行》和《连城诀》的唐诗，作者或者另有运用的目的，而且与书名和题旨扣连，但却不是唐诗作为中国文学最重要诗歌类别作品，展现和介入在金庸武侠小说中。

如果以唐代的诗歌为标准，除了这首《侠客行》之外，金庸小说中出现过不少唐人诗句，不过像《侠客行》般整首引用的并不多，摘句而用，则颇有一些。例如李白的诗歌，在其他作品中也常有提到，其中比较重要的是《神雕侠侣》结尾以李白的《三五七言》收束，"相思相见知何日，此时此夜难为情"，确是以"情"为旨的《神雕侠侣》的点题诗句。《天龙八部》第五十回，段誉吟诵李白的《战城南》，当中两句"乃知兵者是凶器，圣人不得已而用之"，引得萧峰的感慨和称赞；第十二回和第四十二回分别引"名花倾国两相欢"和"一枝秾艳露凝香"，都是出自李白的《清平乐》；第三十八回结尾，段誉因失恋于王语嫣而伤心消沉，与虚竹痛饮，念的"人生得意须尽欢，莫使金樽空对月"，也是李白《将进酒》的千古名句。

至于其他的唐诗作品，在金庸作品中一样常可见到。以《天龙八部》为例，除了前段说的《战城南》，第三十四回段誉想像王语嫣会随慕容复离去而念"天长地久有时尽，此恨绵绵无绝期"，是白居易名作《长恨歌》诗句。第六回更有一段很特别的描写，朱丹臣和段誉讨论王昌龄诗，像诗话中的诗论一样，在金庸作品中，是比较特别的一段：

> 朱丹臣道："适才我坐在岩石之后，诵读王昌龄诗集，他那首五绝'仗剑行千里，微躯敢一言。曾为大梁客，不负信陵恩。'寥寥二十字之中，倜傥慷慨，真乃令人倾倒。"说着从怀中取出一卷书来，正是《王昌龄集》。段誉点头道："王昌龄以七绝见称，五绝似非其长。这一首却果是佳构。另一首《送郭司仓》，不也绸缪雅致么？"随即高吟道："映门淮水绿，留骑主人心。明月随良椽，春潮夜夜深。"朱丹臣一揖到地，说道："多谢公子。"……便用王昌龄的诗句岔开了。他所引"曾为大梁客"云云，是说自当如侯嬴、朱亥一般，以死相报公子。段誉所引王昌龄这四句诗，却是说为主人者对属吏深情诚厚，以友道相待。两人相视一笑，莫逆于心。

两人以诗莫逆，后面再引魏徵的《述怀》来表达心意。魏徵是唐太宗身旁的名臣，在唐史上赫赫有名，但在文学史上诗名不大，这一首却是他比较有名的作品。《天龙八部》引到唐诗的还有第七回，段正淳听木婉清提起师父是"幽谷客"，想起秦红棉而想到杜甫的《佳人》；第十二回段誉念"千呼万唤始出来，犹抱琵琶半遮面"，出自白居易《琵琶行》；第十六回写到马夫人诬害乔峰，就用汪剑通送给乔峰的折扇，扇面题有唐代张仲素《塞下曲》；第二十九回的结尾处，"函谷八友"的李傀儡扮作唐玄宗与梅妃，唱出"柳叶双眉久不描，残妆和泪污红绡。长门自是无梳洗，何必珍珠慰寂寥"的唐诗佳句。

此外，《射雕英雄传》三部曲引用唐诗的地方不少，除了上面《神雕侠侣》以李白的古风《三五七言》收结故事，《射雕英雄传》的结尾也是一首唐诗："兵火有余烬，贫村才数家。无人争晓渡，残月下寒沙。"这是唐代钱珝《江行无题一百首》其中的第四十三首，写的是战火带来对百姓的伤害摧残，之前第三十九回，则引了唐代诗人韩偓《自沙县抵龙溪，值泉州军过后，村落皆空，因有一绝》，也一样是借人代言，为的是写山河破碎，亦帮助塑造郭靖心怀家国百姓的形象性格：

> 郭靖纵马急驰数日，已离险地。缓缓南归，天时日暖，青草日长，沿途兵革之余，城破户残，尸骨满路，所见所闻，尽是怵目惊心之事。一日在一座破亭中暂歇，见壁上题着几行字道："唐人诗云：'水自潺湲日自斜，尽无鸡犬有鸣鸦。千村万落如寒食，不见人烟尽见花。'我中原锦绣河山，竟成胡虏鏖战之场。生民涂炭，犹甚于此诗所云矣。"郭靖瞧着这几行字怔怔出神，悲从中来，不禁泪下。

至于《神雕侠侣》和《倚天屠龙记》，也常有唐诗诗句出现。《神雕侠侣》第二十一回，郭靖、杨过念杜甫《潼关吏》，并借此道出金庸心中"为国为民，侠之大者"的精义，为文为武，道理也一样，是金庸小说中重要的文学引用，很值得注意：

> 从山上望下去，见道旁有块石碑，碑上刻着一行大字："唐工部郎杜甫故里。"杨过道："襄阳城真了不起，原来这位大诗人的故乡便在此处。"
>
> 郭靖扬鞭吟道："大城铁不如，小城万丈余……连云列战格，飞鸟不能逾。胡来但自守，岂复忧西都？……艰难奋长戟，万古用一夫。"
>
> 杨过听他吟得慷慨激昂，跟着念道："胡来但自守，岂复忧西都？艰难奋长戟，万古用一夫。郭伯伯，这几句诗真好，是杜甫做的么？"郭靖道："是啊，前几日你郭伯母和我谈论襄阳城守，想到了杜甫这首诗。她写了出来给我看。我很爱这诗，只是记心不好，读了几十遍，也只记下这几句。你想中国文士人人都会做诗，但千古只推杜甫第一，自是因他忧国爱民之故。"杨过道："你说'为国为民，侠之大者'，那么文武虽然不同，道理却是一般的。"郭靖听他体会到了这一节，很是欢喜，说道："经书文章，我是一点也不懂，但想人生在世，便是做个贩夫走卒，只要有为国为民之心，那就是真好汉、真豪杰了。"

金庸小说中人尽皆知的"为国为民，侠之大者"，在这里表达得很清楚，用的正是杜甫那份忧国爱民的胸怀，解读金庸作品思想，这一节很重要。

第二十八回中，写到杨过和小龙女面临死别的爱情，又引了李商隐的佳句：

> 杨过怔怔的望着她脸，心中思潮起伏，过了一会，一枝蜡烛爆了一点火花，点到尽头，竟自熄了。他忽然想起在桃花岛小斋中见到的一副对联："春蚕到死丝方尽，蜡炬成灰泪始干。"那是两句唐诗，黄药师思念亡妻，写了挂在她平时刺绣读书之处。杨过当时看了漫不在意，此刻身历是境。细细咀嚼此中情味，当真心为之碎，突然眼前一黑，另外一枝蜡烛也自熄灭。心想："这两枝蜡烛便像是我和龙儿，一枝点到了尽头，另一枝跟着也就灭了。"

在这里的移用发展，相当配合情节情景，又是另一种精彩高明的文学引用。

另外如《倚天屠龙记》，也常有引用唐诗，第一回何足道琴声集鸟，吟诵的是李白《扶风豪士歌》；第六回则是作者叙述，引李白诗《草书歌行》"飘风骤雨惊飒飒"等几句，来形容张翠山所写字的"龙飞凤舞，笔力雄健"；第二十三回在绿柳山庄张无忌等人初见赵敏，庄上有赵敏杂录唐代元稹的《说剑》："白虹座上飞"，而此引用方法在金庸小说中较少见；第三十四回引白居易《放言》五首其三"周公恐惧流言日"。《书剑恩仇录》第十二回，陈家洛和一众兄弟豪杰沿黄河西上，看见大水过后的满目疮痍，不禁也吟起白居易《自蜀江至洞庭湖口有感而作》的诗句："安得禹复生，为唐水官伯，手提倚天剑，重来亲指画！"《鹿鼎记》有歌女唱杜牧两首扬州诗，韦小宝还在慕天颜口中，听到王播"饭后钟"这有名的唐代诗人故事。《白马啸西风》有王维诗《酌酒与裴迪》的"白首相知犹按剑"。《笑傲江湖》中，祖千秋引唐诗与令狐冲论饮酒。总而言之，金庸小说中引用唐代诗歌或诗人的故事，非常易见。

古体诗

除了唐诗，其他朝代的诗歌，在金庸的武侠小说中也常可见。

唐代之前，未有近体诗出现，中国的诗歌已经相当蓬勃，出现了许多优秀的作品，当中包括《诗经》《楚辞》、"汉乐府"和《古诗十九首》等不同的作品。

先说《诗经》。

金庸小说中引用过不少《诗经》的句子，直接引用的例如《神雕侠侣》，程英在杨过养伤时，不停写着"既见君子，云胡不喜"的字条：

……捡回来一看，不由得一怔。原来纸上写的是"既见君子，云胡不喜"八个字。那是"诗经"中的两句，当年黄蓉曾教他读过，解说这两句的意思是："既然见到了这男子，怎么我还会不快活？"杨过又掷出布线粘回一张，见纸上写的仍是这八个字，只是头上那个"既"字却已给撕去了一半。杨过心中怦怦乱跳，接连掷线收线，粘回来十多张碎纸片，但见纸上颠来倒去写的就只这八个字。细想其中深意，不由得痴了。

……

辨出箫中吹的是"无射商"调子，却是一曲"淇奥"，这首琴曲温雅平和，杨过听过几遍，也并不喜爱。但听她吹的翻来覆去总是头上五句："瞻彼淇奥，绿竹猗猗，有匪君子，如切如磋，如琢如磨。"或高或低，忽徐忽疾，始终是这五句的变化，却颇具缠绵之意。杨过知道这五句也出自《诗经》，是赞美一个男子像切磋过的象牙那么雅致，像琢磨过的美玉那么和润。（第十五回）

这是《诗经》的"郑风"，诗题叫《风雨》。原诗十二句，分三章，每章四句。原诗是：

> 风雨凄凄，鸡鸣喈喈，既见君子，云胡不夷！
> 风雨潇潇，鸡鸣胶胶。既见君子，云胡不瘳！
> 风雨如晦，鸡鸣不已。既见君子，云胡不喜！

这首诗的形式是《诗经》典型的四言叠章，也就是每句诗四个字，每一章大致相同，只在个别词语上变改了。这样的写法在《诗经》很常见，像清代方玉润评《秦风·蒹葭》一诗说："三章只一意，特换韵耳。其实首章已成绝唱。古人作诗多一意化为三叠，所谓一唱三叹，佳者多有余音。"这也是一首典型的情诗，内容很简单直接，写在风雨交加、心情郁闷的日子里，见到情人的快乐。"郑风"是《诗经》十五国风之一，当中主要是情诗题材作品，所以文学史上有"郑卫之音"的说法。《神雕侠侣》意在写情，这首诗用在这里，很合适。至于程英用玉箫吹奏，杨过不禁拍和的另一首《诗经》作品，金庸也交代了是《淇奥》。

金庸经常引用《诗经》作品来描写男女爱情，例如《雪山飞狐》第十回，胡斐和苗若兰初次相见，已经十分投缘，互念"汉乐府"诗歌的《善哉行》，到了故事的后段，两人经历多番波折，最后在山洞互相倾心，金庸写得情致绵绵，柔情无限，当中就引《诗经·郑风·女曰鸡鸣》一诗，写夫妻两情双好的句子：

> 这时胡斐早已除下自己长袍，披在苗若兰身上。月光下四目交投，于身外之事，竟是全不萦怀。
>
> 两人心中柔和，古人咏叹深情蜜意的诗句，忽地一句句似脱口而出。胡斐不自禁低声说道："宜言饮酒，与子偕老。"苗若兰仰起头来，望着他的眼睛，轻轻的道："琴瑟在御，莫不静好。"这是"诗经"中一对夫妇的对答之词，情意绵绵，温馨无限。

《天龙八部》中对王语嫣万缕痴情的段誉，除了上面所引的《长恨歌》，也吟出《诗经》的诗句：

> 乌老大一声叹息，突然身旁一人也是"唉"的一声长叹，悲凉之意，却强得多了。众人齐向叹声所发处望去，只见段誉双手反背在后，仰天望月，长声吟道："月

出皎兮，佼人僚兮；舒缭纠兮，劳心悄兮！"他吟的是《诗经》中《月出》之一章，意思说月光皎洁，美人婷婷，我心中愁思难舒，不由得忧心悄悄。四周大都是不学无术的武人，怎懂得他的诗云子曰？（第三十四回）

金庸小说经常引用《诗经》的情诗句子，除了上面所引，还有《碧血剑》第十七回，袁承志在皇宫误进阿九（即长平公主）的寝宫，发现她画了自己的画像，又低声吟叹，吟念的就是《郑风·子衿》，诗句"青青子衿，悠悠我心"、"一日不见，如三月兮"，都是中国爱情诗的经典名句。即连《射雕英雄传》中无行好色的欧阳克，在第十二回也向黄蓉念起《诗经》中"悠悠我心"的句子。

除了写爱情，金庸引用《诗经》，有时会作其他用途，例如用作人名，如《天龙八部》中木婉清的名字，就取其"水木清华，婉兮清扬"的意思。水木清华，指园林的花木池水十分幽美。语出西晋谢琨《游西池》："莲池鸣禽集，水木湛清华。""婉兮清扬"则出自《诗经·郑风·野有蔓草》："有美一人，清扬婉兮。"意思是这样貌美的女子，眼目清丽明亮。《笑傲江湖》的风清扬，名字或许也取此意。

看金庸引用文学作品，要留意其作用。《射雕英雄传》有一段《诗经》的引用，金庸巧妙运用映衬对照的作用，不纯为写爱情，也侧面写了郭靖的鲁直性格：

　　大理四大弟子齐向洪七公躬身下拜，跟着师父而去。
　　那书生经过黄蓉身边，见她晕生双颊、喜透眉间，笑吟道："隰有苌楚，猗傩其枝！"黄蓉听他取笑自己，也吟道："鸡栖于埘，日之夕矣。"那书生哈哈大笑，一揖而别。

郭靖听得莫名其妙，问道："蓉儿，这又是什么梵语么？"黄蓉笑道："不，这是诗经上的话。"郭靖听说他们是对答诗文，也就不再追问。黄蓉笑吟吟的瞧着他，心想："这位状元公倒也聪明，猜到了我的心事。他引的那两句诗经，下面有'乐子之无知，乐子之无家，乐子之无室'三句，本是少女爱慕一个未婚男子的情歌，用在靖哥哥身上，倒也十分合适，说他这冒冒失失的傻小子，还没成家娶妻，我很是欢喜。"想到此处，突然轻轻叫声："啊哟！"郭靖忙问："怎么？"黄蓉微笑道："我引这两句诗经，下面接着是'羊牛下来，羊牛下括'，说是时候不早，羊与牛下山坡回羊圈、牛栏去啦，本是骂状元公为牲畜。但这可将一灯大师也一并骂进去啦！"（第三十九回）

引用这一段黄蓉和朱子柳的《诗经》对答，除了写黄蓉的少女情怀，也衬托后文郭靖对"是非善恶"的大彻大悟，这是《射雕英雄传》一书的重要意旨，在文学上是有作用的。朱子柳和黄蓉的戏语，黄蓉的少女情怀，正好对照一心要存大节大义的郭靖。在这里，郭靖与黄蓉各怀心事，黄蓉的《诗经》情话，意义和作用都不只写情。陈墨说《射雕英雄传》为"草莽英雄著《春秋》"，我很同意。郭靖思想和情性、心志胸怀的成长与完成，是读《射雕英雄传》一书的重要关节，不宜放过。至于黄蓉在第十二回遇到洪七公,做了一个"好述汤"来哄引他教导郭靖武功,正是《诗经》三百篇的第一篇《关雎》的句子。另外,《倚天屠龙记》第一回,就用到《诗经·卫风·考槃》的句子"考槃在涧,硕人之宽,独寐寤言,永矢勿谖"。来写郭襄与"昆仑三圣"何足道的相遇。

《诗经》之外,金庸的作品中,也会经常引用一些古体诗,是表现人物情感和故事情节的重要凭借,有时甚至同一诗歌,会在不同的作品出现,例如李岩的《七言歌》和陈家洛的香香公主悼词,都分别在不同的作品出现过。

先说陈家洛的悼词,《书剑恩仇录》的结尾,有一首相当感人的悼词:

> 突然一阵微风过去,香气更浓。众人感叹了一会,又搬土把坟堆好,只见一只玉色大蝴蝶在坟上翩跹飞舞,久久不去。
>
> 陈家洛对那老回人道:"我写几个字,请你雇高手石匠刻一块碑,立在这里。"……陈家洛提笔蘸墨,先写了"香冢"两个大字,略一沉吟,又写了一首铭文:
>
> "浩浩愁,茫茫劫,短歌终,明月缺。郁郁佳城,中有碧血。碧亦有时尽,血亦有时灭,一缕香魂无断绝!是耶非耶?化为蝴蝶。"(第二十回)

这首陈家洛为香香公主而写的悼词,在《飞狐外传》第十九回再有出现。其实这首悼词并非金庸所原作,而是在北京"香冢碑"上的文字。根据互联网上的记载:

　　香冢原位于现北京陶然亭公园内，在公园中锦秋墩南坡上。冢前原有一石碑，上刻"香冢"二字，被称为"香冢碑"。香冢附近原还有一鹦鹉冢及碑。迄今"香冢"及原碑已荡然无存，据说毁于"文革"十年内乱，北京图书馆藏有香冢、鹦鹉冢碑拓片。香冢碑铭文如下，碑阳铭文："香冢"，两字为篆书。碑阴铭文："浩浩愁，茫茫劫。短歌终，明月缺。郁郁佳城，中有碧血。碧亦有时尽，血亦有时灭，一缕香魂无断绝。是耶非耶？化为胡蝶。"为隶书。后有"题香冢碑阴"五个行书小字。其后有行书七绝一首，诗云："飘零风雨可怜生，香梦迷离绿满汀，落尽夭桃与秾李，不堪重读瘗花铭。"另外，据张中行先生《香冢》（载于《世界文化》一九九四年八月二十日），"香冢"上还有四十一个字的跋文："金台始隗，登庸竞技。十年凭眊，心有余灰。葬笔埋文，托之灵禽，寄之芳草。幽忧侘傺，正不必起重泉而问之。"不过拓片中已不见。由于碑阴偈文中有"化作胡蝶"，该冢也被叫作"蝴蝶冢"。香冢及原碑据说毁于"文革"内乱，"文革"后，重修陶然亭公园时曾经对香冢与鹦鹉冢作过发掘，均空无一物，香冢的来历也成为谜。

　　香香公主是金庸笔下虚构的小说人物，香妃则史有其人，是乾隆的其中一位妃子（容妃），金庸艺术加工腾挪。这首悼词不但在作品中出现得自然，既然后世不知作者，小说家言，说是陈家洛所写，再加上配合小说陈家洛与香香公主的伤心爱情故事，更加生起绵绵哀思，处理巧妙，相当感动读者。相比同是借用于小说人物情思爱意，《书剑恩仇录》第十九回，利用乾隆《御制诗》四集卷十的《上元灯词》其中一首，说是为香香公主写的"万里驰来卓尔齐，恰逢嘉夜宴楼西。面询牧盛人安否，那更传言借译鞮"，来得更自然和动人了，至少其中少了许多强凑的痕迹。

至于李岩的《七言歌》，则是在书中直接引用，连作者带作品一起道出。它首先在《碧血剑》第七回《破阵缘秘笈，藏珍有遗图》，由黄真唱出。原诗是：

> 年来蝗旱苦频仍，嚼啮禾苗岁不登，
> 米价升腾增数倍，黎民处处不聊生。
> 草根木叶权充腹，儿女呱呱相向哭；
> 釜甑尘飞炊绝烟，数日难求一餐粥。
> 官府征粮纵虎差，豪家索债如狼豺。
> 可怜残喘存呼吸，魂魄先归泉壤埋。
> 骷髅遍地积如山，业重难过饥饿关。
> 能不教人数行泪，泪洒还成点血斑？
> 奉劝富家同赈济，太仓一粒恩无既。
> 枯骨重教得再生，好生一念感天地。
> 天地无私佑善人，善人德厚福长臻。
> 助贫救生功勋大，德厚流光裕子孙。

金庸似乎十分喜欢这首《劝赈歌》，更敬重李岩其人。在《碧血剑》中，先由黄真和袁承志说出对李岩的敬仰：

他嗓子虽然不佳，但歌词感人，闻者尽皆动容。

袁承志道："师哥，你这首歌儿作得很好啊。"黄真道："我哪有这么大的才学？这是闯王手下大将李岩李公子作的歌儿。"袁承志点头道："原来又是李公子的大作。他念念不忘黎民疾苦，那才是真英雄、大豪杰。"（第七回）

在《碧血剑》中，李岩在小说的后半部分有出现，是小说的人物角色，虽然"戏分"不多，不过却起着点题和凸显全书主旨的重要作用，读者不宜忽视。《碧血剑》的李岩，本是李自成手下大将，文武双全，为李自成建立民望和百姓信任出了很多力。可是书的最后，却落得被李自成围捕诬陷，最后自杀而死。《碧血剑》写明末的史事，金庸曾说此书的真正主角是袁崇焕和金蛇郎君，可以说全书故事可分庙堂和江湖两条线。朝廷上，奸党庸碌贪馋，忠臣义士永远无法逃得过含冤受屈的遭遇。没有出场的袁崇焕和在全书最后自杀明志的李岩，分别反映政治和朝廷的阴私邪恶。这是金庸写《碧血剑》重要的意旨，因此主角袁承志最后远走他国，因为这是贤人志士无可选择的道路。《碧血剑》第十九回，袁承志和李岩目睹李自成军队入京后，一样胡作非为，奸淫掳掠，毒害百姓。两人在长街上同行，正为李闯军队的恶行伤叹，但李岩仍不忘尽忠报主。这一段写得很有味道，不嫌拖沓，引录于下：

两人默默无言的携手同行，走了数百步。

李岩道："兄弟，大王虽已有疑我之意，但为臣尽忠，为友尽义。我终不能眼见大王大业败坏，闭口不言。你却不用在朝中受气了。”

袁承志道："正是。兄弟是做不来官的。大哥当日曾说，大功告成之后，你我隐居山林，饮酒长谈为乐。何不就此辞官告退，也免得成了旁人眼中之钉？"李岩道："大王眼前尚有许多大事要办，总须平了江南，一统天下之后，我才能归隐。大王昔年待我甚厚，眼见他前途危难重重，正是我尽心竭力、以死相报之时。小人流言，我也不放在心上。"

两人又携手走了一阵，只见西北角上火光冲天而起，料是闯军又在焚烧民居。李岩与袁承志这几天来见得多了，相对摇头叹息。暮霭苍茫之中，忽听得前面小巷中有人咿咿呀呀的拉着胡琴，一个苍老嘶哑的声音唱了起来，听他唱道：

"无官方是一身轻，伴君伴虎自古云。归家便是三生幸，鸟尽弓藏走狗烹……"

只见巷子中走出一个年老盲者，缓步而行，自拉自唱……

李岩听到这里，大有感触，寻思："明朝开国功臣，徐达、刘基等人尽为太祖害死。这瞎子也知已经改朝换代，否则怎敢唱这曲子？"瞧这盲人衣衫褴褛，是个卖唱的，但当此人人难以自保之际，哪一个有心绪来出钱听曲？只听他接着唱道：

"君王下旨拿功臣，剑拥兵围，绳缠索绑，肉颤心惊。恨不能，得便处投河跳井；悔不及，起初时诈死埋名。今日的一缕英魂，昨日的万里长城。……"

这首歌曲是李岩、袁崇焕等忠烈英魂的悲歌，也是千古以来忠臣名将的祭曲，金庸放在此，是浇自己胸怀块垒，所以歌声伴随着凄怨苍凉、黯然远逝的画面：

> 他一面唱，一面漫步走过李岩与袁承志身边，转入了另一条小巷之中，歌声渐渐远去，说不尽的凄惶苍凉。

这调子凄凉悲哀，英雄人物困顿伤怀，在悲伤凄凉的胡琴声中，似是身影渐远渐隐，文学味道浓厚。李岩在《碧血剑》出场不多，却是十分重要的人物，因此引用他的诗歌，既是写人写情节，也是深刻表达全书意旨的方法。

到了《雪山飞狐》，又再由苗若兰口中念出这歌儿。听到的人一样为之动容：

> 此时正当乾隆中叶，虽称太平盛世，可是每年水灾旱灾，老百姓日子也不好过。众人听他一字一句，念得字正腔圆，声音中充满了凄楚之情，想起在江湖上的所见所闻，都不禁竦然动容。（第三章）

除了李岩这首诗外，《碧血剑》也有引用其他诗歌的地方，例如开始时有成祖的题诗，后面也引用过建文帝的诗作，连袁崇焕的作品也有。

除了这些作品，金庸其他小说都常引用古诗，例如《神

雕侠侣》除了上面提到的《诗经》作品外，第四回，丘处机
向郭靖复述当年全真教和古墓派的创立缘由，带郭靖去看当年
王重阳和林朝英以手指在上写诗刻字的大石头。这首诗题目是
《题甘河遇仙宫》，全诗如下：

> 子房志亡秦，曾进桥下履。
> 佐汉开鸿举，屹然天一柱。
> 要伴赤松游，功成拂衣去。
> 异人与异书，造物不轻付。
> 重阳起全真，高视仍阔步，
> 矫矫英雄姿，乘时或割据。
> 妄迹复知非，收心活死墓。
> 人传入道初，二仙此相遇。
> 于今终南下，殿阁凌烟雾。
> 我经大患余，一洗尘世虑，
> 巾车傥西归，拟借茅庵住。
> 明月清风前，曳杖甘河路。

　　金庸在书中只引到"殿阁凌烟雾"一句，将前八句改说
是林朝英所作，后面则是黄药师所作。其实这首诗真正的作者
是元代商挺，他生于嘉定二年（一二○九），诗意本是歌颂王
重阳，其"收心活死墓"一句，或者由此衍生"活死人墓"
和古墓派的情节，亦是相当重要的。在第二十回，杨过将嵇康
《兄秀才公穆入军赠诗十九首其十》的诗句融入剑法，与公孙
止边吟边战，效果甚好。至于向裘千尺表明非小龙女不娶，杨

过念的"茕茕白兔，东走西顾。衣不如新，人不如故"几句，虽是四言诗，却不是《诗经》作品，而是出自汉朝乐府的《古艳歌》。

《射雕英雄传》开首和结尾都有引用诗歌，除了上文说过在结尾引用唐代钱珝《江行无题一百首》之外，其实第一回说书人张十五开腔，唱的就是南宋诗人戴复古的《淮村兵后》，与郭啸天和杨铁心谈到当前国事，就不禁吟叹林升的《题临安邸》"山外青山楼外楼，西湖歌舞几时休？南风熏得游人醉，直把杭州作汴州"；而《倚天屠龙记》除了引用唐诗和《诗经》，回目运用柏梁体诗句，也是非常有特色的布置。

不过，在金庸小说中，值得注意作者引入古诗的，还有一部《鹿鼎记》，此书主角韦小宝虽是胸无点墨，但书中引用诗歌地方甚多，第一回已是三个历史上真有其人的晚明大才人——黄宗羲、顾炎武和吕留良见面，面对山河飘荡，借诗抒愤。而且其中说之甚详，作者敷衍叙述，大挥笔墨。首先是第三十二回中，用了不少篇幅来展现的《圆圆曲》。陈圆圆是金庸笔下刻意写的美人，在《碧血剑》第十九回，就写到李自成的部下看到她，变得疯狂和失态。到了《鹿鼎记》第三十二回，她的出场是在韦小宝接到"阿珂有难"的字条后，在小小庵堂之内与她相见。金庸也是借韦小宝的惊艳反应来说陈圆圆之美："目瞪口呆，手足无措"、"跌坐入椅，手中茶水溅出"。不过这一回主要仍不是为了写陈圆圆，而是要借她的歌声唱出吴伟业的《圆圆曲》。

吴伟业是清初重要的诗人，痛心于明亡，着力以文学作品表达和评论明代之亡。《圆圆曲》是七言歌行体，借吴三桂和陈圆圆的故事，正是他痛陈明亡和对吴三桂叛明的谴责。他的其他诗歌作品如《思陵长公主挽诗》，也是叙写长平公主（即《鹿鼎记》中的九难），同时更叙述了甲申之变整个历史环境和经过。

《鹿鼎记》中，另一节对古诗的重要引用或导入，是第三十九和四十回，有关查慎行因诗招来诬陷的一段，金庸在这两回篇幅中用了很多笔墨。第三十九回，先借歌妓唱了一段查慎行的诗歌《清江浦·咏扬州田家女》，然后在第四十回，吴之荣就希望借在韦小宝面前"揭发"查慎行和顾炎武等人想谋反的诗作，以求富贵升官。喜欢批评金庸的人认为他的安排，是要为祖先申冤增光，但无论如何，这一情节，对于表现吴之荣的卑劣和韦小宝的不学，文学表达上大有作用。

《书剑恩仇录》比较特别，除了引过乾隆写下的诗歌，也有金庸代书中人物，包括余鱼同和陈家洛两人写作的诗。第五回，余鱼同在凉州积翠楼壁上题诗："百战江湖一笛横，风雷侠烈死生轻。鸳鸯有耦春蚕苦，白马鞍边笑靥生。"下款写"千古第一丧心病狂有情无义人题"。陈家洛是名门公子，在书中不独常会吟诗，例如在第六回与周仲英和徐天宏对饮时，唱起李白的《侠客行》；第十二回，红花会群雄过黄河，见到满目疮痍，吟起白居易《自蜀江至洞庭湖口有感而作》。回到老家，见到许多皇帝的诗作，到在西湖与乾隆面对面相遇（乾隆化名东方耳），不但两人诗词对答，更在第七回，即席题诗扇面相赠："携书弹剑走黄沙，瀚海天山处处家，大漠西风飞翠羽，江南八月看桂花。"余鱼同和陈家洛这两首作品应是金庸所作，这样的作品，在金庸小说中并不算太多。至于金庸旧诗写作的水平，在本书下卷续有论及，可以参看。

第二章　词

因为电视剧的普及和传播之功，金庸武侠小说中最为人熟悉的诗词，相信一定非《神雕侠侣》中李莫愁爱念的《摸鱼儿》莫属。这首《摸鱼儿》是金代著名词人和诗论家元好问的作品，历来很受中国文学论者所重视和欣赏，金庸在书中借用，成为重要的艺术设计。

未说《摸鱼儿》，先谈谈中国文学中的词。

词，原称曲子词，又有长短句、诗余等叫法。词的出现，与音乐有密切关系，是一种配乐而歌唱的抒情诗体。词的产生可追溯至隋唐时期，唐代以后，由西域音乐传入中土，与汉族传统民间音乐相结合，成为一种称为"燕乐"的新音乐。"燕乐"兴起，广泛流传，并开始由民间逐渐流行至文人阶层，不少人依照这种新音乐配上歌词，经过晚唐五代一批专业词人，如温庭筠、韦庄和李煜等的努力，出现大批优秀作品，逐渐固定了形式，成为文人喜爱的表情达意的文学类别。

到了两宋，诗歌因为经过唐代二百多年的发展，染指太多，渐渐走向说理化和散文化的宋诗路数，反而句式字数参差长短的词，却进入了全盛时期，取诗歌而代之，成为宋代的代表文学，这就是王国维所谓"一代有一代之文学"。由于词是依声而作，作者都根据不同词牌（例如《摸鱼儿》就是词牌）

的音乐和声律规定来填写，因此正确来说，应称为"填词"。前人一向有所谓"词为艳科"的说法，认为这才是词的正宗风格特色。中唐以来至晚唐五代的词作，都多以闺情、相思、离别、宴饮酬酢之类为题材，风格亦尚婉约为正宗，所以又有"诗庄词媚"的说法。可是经过两宋的发展，天才词人辈出，柳永、周邦彦、李清照、姜夔风格各异，又成就甚高。苏轼、辛弃疾更以豪放为词，完全改变了这种填词的固定风格路数。两宋之后，历金元、明、清各朝，虽不复宋人风格之多变、艺术性之高，但名家名作辈出，也留下不少优秀作品，像清代的词人词作，以数量计，比宋朝还要多，而写这首《摸鱼儿》的元好问，则正是金代的杰出诗人，再加上明清以来，词论大兴，著作繁多，是中国文学理论和批评的重要篇章，令词在中国文学史上有着举足轻重的地位。

虽然在《神雕侠侣》的《后记》中，金庸表明"'神雕'企图通过杨过这个角色，抒写世间礼法习俗对人心灵和行为的拘束"。可是通读《神雕侠侣》，读者都可以清楚地感到全书旨在写"情"。书中的不少人物角色，一生肩负的恩怨情仇、生死荣辱和悲喜愁苦，都与爱情扣连相关。杨过、小龙女、李莫愁、武三通、王重阳、林朝英、公孙止、裘千尺、尹志平、郭芙、郭襄。"情"之一字，是全书最中心的意旨，大家都逃不过，情花至毒，令人迷失常性，非常痛苦，更是非常显露的比喻。可是也因为有"情"深，杨过、小龙女最后也能排除万难，成为美眷，而且冲破了金庸所谓的"世间礼法习俗对人心灵和行为的拘束"。

明白这重要的意旨，就很容易明白金庸为什么要借用元好问这首《摸鱼儿》贯穿全书，小说的开头，写赤练仙子李莫愁，因失落爱情而耍到陆家寻仇，却处处写她对陆展元的痴情思念。她的出场，就伴随着这首今天广为人知的词作首三句：

> 过了良久，万籁俱寂之中，忽听得远处飘来一阵轻柔的歌声，相隔虽远，但歌声吐字清亮，清清楚楚听得是："问世间，情是何物，直教生死相许？"每唱一字，便近了许多，那人来得好快，第三句歌声未歇，已来到门外。
>
> 三人愕然相顾，突然间砰嘭喀喇数声响过，大门内门闩木撑齐断，大门向两旁飞开，一个美貌道姑微笑着缓步进来，身穿杏黄色道袍，自是赤练仙子李莫愁到了。（第一回）

"问世间，情是何物，直教生死相许？"李莫愁是金庸笔下的女魔头，一生为情所苦所困，因而行事乖戾。来到陆府，举手之间连杀数人，尽见冷血残忍。偏偏金庸描写这人物，刻意用情深爱痴，来作为她人物角色最重要的形象特点，出场的歌声，是巧妙的衬托，人物性格和阴森吓人的气氛，都产生很好的艺术效果。到了小说的后部分，她受情花毒折磨而死于烈火之中，金庸再一次用这首词来描写她情陷之深：

> 李莫愁撞了个空，一个筋斗，骨碌碌的便从山坡上滚下，直跌入烈火之中。众人齐声惊叫，从山坡上望下去，只见她霎时间衣衫着火，红焰火舌，飞舞身周，但她站直了身子，竟是动也不动。众人无不骇然……李莫愁挺立在

熊熊大火之中，竟是绝不理会。瞬息之间，火焰已将她全身裹住。突然火中传出一阵凄厉的歌声："问世间，情是何物，直教生死相许？天南地北……"唱到这里，声若游丝，悄然而绝。（第三十二回）

由出场到焚身而死亡，金庸都用这首词来衬托李莫愁，而且在烈火中传来这歌声，感染力很强。在同一回又写到杨过与小龙女遇到武敦儒和耶律燕：

> 杨过低声吟道："问世间，情是何物？"顿了一顿，道："没多久之前，武氏兄弟为了郭姑娘要死要活，可是一转眼间，两人便移情别向。有的人一生一世只钟情于一人，但似公孙止、裘千尺这般，却难说得很了。唉，问世间，情是何物？这一句话也真该问。"小龙女低头沉思，默默无言。（第三十二回）

显然，"情是何物"，是小说予读者的重要思考，所以杨过说："这一句也真该问。"说这首《摸鱼儿》是贯穿全本《神雕侠侣》的背景旋律，由开首、中段到结尾，都见到金庸的刻意经营和安排。词的原作亦成为不少读者注意的作品。这首《摸鱼儿》原是金代词人元好问的词作，金庸在书中借用，贯穿了整部《神雕侠侣》，成为重要的"景深"。先看元好问的原词：

> 乙丑岁，赴试并州，道逢捕雁者云："今旦获一雁，

杀之矣。其脱网者悲鸣不能去，竟自投于地而死。"予因买得之，葬之汾水之上，累石为识，号曰雁丘。同行者多为赋诗，予亦有《雁丘词》，旧所作无宫商，今改定之。

问人间，情是何物？直教生死相许！天南地北双飞客，老翅几回寒暑。欢乐趣，离别苦，是中更有痴儿女。君应有语，渺万里层云，千山暮景，只影为谁去？

横汾路，寂寞当年箫鼓。荒烟依旧平楚。招魂楚些何嗟及，山鬼自啼风雨。天也妒，未信与，莺儿燕子俱黄土。千秋万古，为留待骚人，狂歌痛饮，来访雁丘处。

由此词序言看，"乙丑"是金章宗泰和五年（一二○五），那时的作者才十六岁。严迪昌在《金元明清词精选》中说此词所谓的"今改定之"，则已经是金国覆亡之后的事。金朝覆亡，元好问已经四十五岁，三十年前曾遇到的旧事，或者有另一番体会感受。所谓"少年心事老来悲"，历尽世间事，在人生历练中窥破"情"之动人牵系，或者正是金庸选择此词，作为书中不绝如缕的意韵余音的重要原因。

元好问，字裕之，号遗山，太原秀容人。元好问秉性聪慧，少有神童之誉，金宣宗兴定五年（一二二一）进士，于金亡后绝仕不出。元好问在中国文学史上享有大名，是金元之际最出色的诗人之一，其作品历来受到极高的文学评价。例如赵翼称赞他："天禀本多豪健英杰之气，又值金源亡国，以宗社丘墟之感，发为慷慨悲歌，有不求而自工者。"（《瓯北诗话》）清代陶玉禾更称赞他可以媲美唐宋的一流诗人："不特独步两朝，即在唐宋间亦足自树一帜。"（《金诗选》）

不独在文学史上有地位，他一生著述甚丰，晚年回故乡编纂了《中州集》和《壬辰杂编》等书，更为后来修金史提供了许多材料，也保存了许多金代作家的作品，文献和历史的价值很高。元好问的词，本来不以写男女之情为主，反而颇多家国情怀作品，亦以此鸣世，所以游国恩等人的《中国文学史》第三册介绍他，只引了他一些吊古伤时、家国之思的作品。纵观元氏作品，明清以来，像翁方纲等人皆认为他习自苏轼、黄庭坚的路数，并非《摸鱼儿》一词所流露的情思风格。

只是如要谈元好问在中国文学史上的地位，最主要还是要说他的《论诗绝句》。自唐代杜甫的《戏为六绝句》之后，以诗论诗的文学评论方式，为不少文人所用，但最成功而有影响力，则数百年来，当首推元好问。在他之后，元、明、清代很多文人，特别是清代，出现不少论诗绝句，其中名家如王士禛和袁枚等，均有"戏仿元遗山论诗绝句"的作品，但后来论者的评价并不太高，可见元好问在中国文学理论史上的地位和影响力。

说回这首《摸鱼儿》，在不少词集会采用《迈陂塘》的词牌，而且原来还有另一首同调的《咏并蒂莲》可以并读，在文学史上同样受到重视和好评，历来评论元好问《雁丘词》，都喜欢并录。根据吴庠《遗山乐府编年小笺》所记，此词是元好问于金宣宗贞祐四年（一二一六）所作，当时他二十八岁。这首词也是借一段殉情的传说开展，其意同样为了歌颂坚贞的爱情。词也附有小序，先录内容：

泰和中，大名民家小儿女，有以私情不如意赴水者，官为踪迹之，无见也。其后踏藕者得二尸水中，衣服仍可验，其事乃白。是岁此陂荷花开，无不并蒂者。沁水梁国用，时为录事判官，为李用章内翰言如此。此曲以乐府《双蕖怨》命篇。"咀五色之灵芝，香生九窍；咽三危之瑞露，春动七情"，韩偓《香奁集》中自序语。

问莲根、有丝多少，莲心知为谁苦？双花脉脉娇相向，只是旧家儿女。

天已许。甚不教、白头生死鸳鸯浦！夕阳无语。算谢客烟中，湘妃江上，未是断肠处。

香奁梦，好在灵芝瑞露。人间俯仰今古。海枯石烂情缘在，幽恨不埋黄土。相思树，流年度，无端又被西风误。兰舟少住。怕载酒重来，红衣半落，狼藉卧风雨。

《山中白云词》作者张炎，在他的词学专著《词源》中说："双莲、雁丘，妙在摹写情态，立意高远。"清代许昂霄在他的《词综偶评》更直道元好问这两首词情思之深："遗山二阕，绵至之思，一往而深，读之令人低回欲绝，同时诸公文章皆不及。前云天也妒，此云天已许，真所谓天若有情天亦老矣。"至于像近代词学大家夏承焘和张璋编选的《金元明清词选》就两首都选录，而且特别提到《雁丘词》："可与其另一首同调之作《咏并蒂莲》对参。是对坚贞的爱情的颂歌。寓意深刻，所感其大，不仅是工于用事和炼句而已。"

至于这首《雁丘词》，前面小序写出了雁儿殉情的情节，动物尚能如此情重，人何以堪！到了第三十八回《生死茫茫》，这段情节明显成为雌雕因见雄雕已死，撞崖而死的情节蓝本根据：

> 她又一声长哨，只见那雌雕双翅一振，高飞入云，盘旋数圈，悲声哀啼，猛地里从空中疾冲而下。黄蓉心道："不好！"大叫："雕儿！"只见那雌雕一头撞在山石之上，脑袋碎裂，折翼而死。众人都吃了一惊，奔过去看时，原来那雄雕早已气绝多时。众人见这雌雕如此深情重义，无不慨叹。（第三十八回）

这时作者再借陆无双的内心独白，将全首词写出：

> 陆无双耳边，忽地似乎响起了师父李莫愁细若游丝的歌声："问世间，情是何物，直教生死相许？……"她幼时随着李莫愁学艺，午夜梦回，常听到师父唱着这首曲子，当日未历世情，不明曲中深意，此时眼见雄雕毙命后雌雕殉情，心想："这头雌雕假若不死，此后万里层云，千山暮雪，叫它孤单只影，如何排遣？"触动心怀，眼眶儿竟也红了。（第三十八回）

陈岸峰指出："因情而成魔，金庸从元好问的《摸鱼儿·雁丘词》写起，却又突破其想像，此曲既可深情无限，而出自李莫愁之口却又令人不寒而栗。爱的力量，可以是建设性的，亦可以是毁灭性的，这便是金庸对爱情的书写深度的拓展。"① 引用这词作，化为泛溢书中的气氛情感，贯串全书，此词的运用，确可说是金庸小说中，引用中国文学作品的大师式示范。书中双雕的描写，妙合自然，又是金庸引用这些古典文学作品时，由立意到意象的进一步腾挪和深化。

金庸既在《神雕侠侣》写爱情，描画许多多情为情所伤的人物，因此用上婉约情深的词体作品，也合理正常。第十五回杨过被程英所救，醒来看着程英的背影，就写着："他不敢出声打扰那少女，只是安安稳稳地躺着，正似梦后楼台高锁，酒醒帘幕低垂，实不知人间何世。"引用的是北宋初年晏几道《临江仙》的词句，金庸很喜欢程英这角色，在第三十八回，她轻吟："问花花不语，为谁落？为谁开？算春色三分，半随流水，半入尘埃。"书中借黄蓉心绪来描写程英："（黄蓉）见她娇脸凝脂，眉黛鬖青，宛然是十多年前的好女儿颜色，想像她这些年来香闺寂寞，自是相思难遣，不禁暗暗为她难过。"不过要留意此词是元代梁曾的《木兰花慢·西湖送春》，出现时序应晚于南宋末年的程英。金庸引用古人诗词，间有时序颠倒不合，此处亦是一例。

或许是《神雕侠侣》以写"情"为主，因此词这种含蓄抒情的中国传统文学体裁，最适合来表达抒发，甚至是衬托描画，所以金庸在此书用上许多词作。第一回《风月无情》，即是全书故事的开始，则已经由另一首婉约词引入：

---

① 陈岸峰：《醍醐灌顶：金庸武侠小说中的思想世界》，中华书局（香港）有限公司，2015年，第142页。

　　越女采莲秋水畔，窄袖轻罗，暗露双金钏。照影摘花花似面，芳心只共丝争乱。

　　鸡尺溪头风浪晚，雾重烟轻，不见来时伴。隐隐歌声归棹远，离愁引著江南岸。

这是北宋初年，中国文学史上鼎鼎大名的欧阳修所写的《蝶恋花》作品，但金庸接着就写了与词意极不相配的情景画面：

　　那道姑一声长叹，提起左手，瞧着染满了鲜血的手掌，喃喃自语："那又有什么好笑？小妮子只是瞎唱，浑不解词中相思之苦、惆怅之意。"

　　在那道姑身后十余丈处，一个青袍长须的老者也是一直悄立不动，只有当"风月无情人暗换，旧游如梦空肠断"那两句传到之时，发出一声极轻极轻的叹息。（第一回）

这道姑和老者是李莫愁和武三通。《神雕侠侣》的故事，是以两段苦恋，甚至是畸恋而展开的。金庸为《神雕侠侣》故事拉开画幕的画面是一片江南美景好歌，如他自己在第一回所说："欧阳修在江南为官日久，吴山越水，柔情密（蜜）意，尽皆融入长短句中。宋人不论达官贵人，或是里巷小民，无不以唱词为乐，是以柳永新词一出，有井水处皆歌，而江南春岸折柳，秋湖采莲，随伴的往往便是欧词。"这有声有景有情的画面，接下来是武三通的疯癫狂情和李莫愁的凶狠冷漠，铺垫衬托的文学效果很强烈。

至于金庸的其他小说，也有用词作开始，例如《倚天屠龙记》，跟《神雕侠侣》一样，也是在第一回以一首词引出故事，用的是丘处机《无俗念·题玉虚宫梨花》。此词原是丘处机咏物抒情之作，金庸移用到这里，说是为小龙女而写，也见自然恰当。不过在金庸的武侠小说里，出现描写爱情的诗词，更多是作为男女爱情的重要牵和媒介，像《倚天屠龙记》张翠山和殷素素初遇，也是因油纸伞上一句唐代张志和的词句"斜风细雨不须归"的书法产生话题，掀开了之后的爱情故事。

在写作《神雕侠侣》之前，金庸在《射雕英雄传》便已经引用了一首非常感人的爱情词作，成为小说中非常重要而巧妙的设置，这就是绣在周伯通和刘贵妃的定情锦帕上的《四张机》。如果从小说的艺术作用看，这首词甚至比《神雕侠侣》中的《摸鱼儿》更值得重视，因为它除了帮助塑造出小说中的人物角色形象，也影响和推动了故事情节的发展。

我们先看小说中多次提到的这首词。首先是《射雕英雄传》第二十九回《黑沼隐女》：

> 瑛姑回过头来，见他满头大汗，狼狈之极，心中酸痛："我那人对我只要有这傻小子十分之一的情意，唉，我这生也不算虚度了。"轻轻吟道："四张机，鸳鸯织就欲双飞。可怜未老头先白，春波碧草，晓寒深处，相对浴红衣。"
>
> 郭靖听她念了这首短词，心中一凛，暗道："这词好

熟，我听见过的。"可是曾听何人念过，一时却想不起
来……

郭靖之所以觉得这词好熟，是因为当日在桃花岛，周伯通
给毒蛇咬伤，神智迷糊，嘴里便翻来覆去地念着这首词。瑛
姑，即刘贵妃，当年将这首定情词绣在锦帕之上，一心送给周
伯通。后来刘贵妃儿子被裘千仞重伤，段皇爷本来已答应医
治，就是因为在最后关头，看到孩子身上用这块锦帕所做的肚
兜，才狠下心来不肯解救，因此亦种下瑛姑多年的仇恨和痛
苦。金庸这样写：

　　"蓉儿，她念的词是谁作的？说些什么？"黄蓉摇头
道："我也是第一次听到，不知是谁作的。嗯，'可怜未
老头先白'，真是好词！鸳鸯生来就白头……"说到这
里，目光不自禁地射向瑛姑的满头花白头发，心想："果
然是'可怜未老头先白'！"
　　郭靖心想："蓉儿得她爹爹教导，什么都懂，若是出
名的歌词，决无不知之理。那么是谁吟过这词呢？"

黄蓉见瑛姑满头白发，不禁吟咏感慨，完全合情合理，词
的出现和人物形象糅合得自然生动。可是郭靖因为黄蓉不懂，
就猜想这不是"出名的歌词"，却并不对。当然这是金庸小说
一家之言，与文学作品真实流传状貌，不一定要强合。
这首词本是前人作品，原词共有九章，也流传着不同的版
本，择其中一种与金庸所用吻合的于下：

一张机，织梭光景去如飞。兰房夜永愁无寐。呕呕轧轧，织成春恨，留着待郎归。

两张机，月明人静漏声稀。千丝万缕相萦系。织成一段，回纹锦字，将去寄呈伊。

三张机，中心有朵耍花儿，娇红嫩绿春明媚。君须早折，一枝浓艳，莫待过芳菲。

四张机，鸳鸯织就欲双飞。可怜未老头先白。春波碧草，晓寒深处，相对浴红衣。

五张机，芳心密与巧心期。合欢树上枝连理，双头花下，两同心处，一对化生儿。

六张机，雕花铺锦半离披。兰房别有留春计，炉添小篆，日长一线，相对绣工迟。

七张机，春蚕吐尽一生丝。莫教容易裁罗绮，无端剪破，仙鸾彩凤，分作两般衣。

八张机，纤纤玉手住无时。蜀江濯尽春波媚。香遗囊麝，花房绣被，归去意迟迟。

九张机，一心长在百花枝。百花共作红推被，都将春色，藏头里面，不怕睡多时。

根据《宋词鉴赏辞典》（北京燕山出版社）所述："《九张机》是词调名称，《乐府雅词》列'转踏类'。'转踏'是用一些诗和词组合起来的叙事歌曲。《九张机》的体制比'转踏'简单，是用同一词调组成联章。合为一篇完整作品，重在抒情。可谓'组词'。"要留意的是，不同版本的记载，词句内容亦会稍有不同。

　　这首词绾结着一灯大师、周伯通和瑛姑三人一生的情爱纠缠，也因为看到绣有这首词的锦帕，段皇爷最后没有为瑛姑的孩子疗伤。从故事情节的结构和处理来说，这首词比《神雕侠侣》出现的《摸鱼儿》更值得重视，因为它是故事情节的一部分，有结构上的作用，推动故事情节发展，无法随意删去。金庸的妙笔巧思，还在于这首词不但贯穿了周伯通与瑛姑的故事，也能前后呼应，在小说的后半部分，渗进了郭靖与黄蓉的爱情纠结：

　　次日大军西行，晚间安营后，鲁有脚进帐道："小人年前曾在江南得到一画，想我这等粗野鄙夫，怎领会得画中之意？官人军中寂寞，正可慢慢鉴赏。"说着将一卷画放在案上。郭靖打开一看，不由得呆了，只见纸上画着一个簪花少女，坐在布机上织绢，面目宛然便是黄蓉，只是容颜瘦损，颦眉含睇，大见憔悴。

　　郭靖怔怔地望了半晌，见画边又题了两首小词。一词云："七张机，春蚕吐尽一生丝，莫教容易裁罗绮。无端剪破，仙鸾彩凤，分作两边衣。"另一词云："九张机，双飞双叶又双枝。薄情自古多离别。从头到底，将心萦系，穿过一条丝。"

　　这两首词自是模仿瑛姑"四张机"之作，但苦心密意，语语双关，似又在"四张机"之上。郭靖虽然难以尽解，但"薄情自古多离别"等浅显句子却也是懂的，回味半日，心想："此画必是蓉儿手笔，鲁长老却从何处得来？"抬头欲问时，鲁有脚早已出帐。郭靖忙命亲兵传他进来。鲁有脚一口咬定，说是在江南书肆中购得。

　　郭靖就算再鲁钝十倍，也已瞧出这中间定有玄虚，鲁有脚是个粗鲁豪爽的汉子，怎会去买什么书画？就算有人送他，他也必随手抛弃。他在江南书肆中购得的图画，画中的女子又怎会便是黄蓉？（第三十七回）

　　除了《四张机》和《摸鱼儿》，金庸在这里也引用到《七张机》和《九张机》两词，瑛姑的《四张机》，是郭靖、黄蓉当日生死一线间遇上，可以说是两人才知道的"密码"，而瑛姑和周伯通的爱情苦涩，又是两人亲见亲闻，比任何人都知之深，感之切，黄蓉在此处仿瑛姑的情词，怨怼情郎，也诉说抒发相思情苦。虽只是一简单的细节运用，却具体表现出金庸处理情节和人物情感关系的高明技巧，而在小说中腾挪调动这些文学作品，处处呼应，又何等巧妙自然。

　　除了这些情词，《射雕英雄传》引用宋词的地方不少：例如第八回，黄蓉第一次以女儿身装扮见郭靖，就在舟上唱辛弃疾的词作《瑞鹤仙》；第十三回，郭靖、黄蓉在太湖上初见陆乘风，就是由唱朱敦儒的《水龙吟》开始互通声气，陆乘风和黄蓉由朱敦儒谈到张孝祥，意气相投，感慨激昂。朱、张两人同是南宋著名的爱国词人，这一回所引的两首词，都是他们的名作。待得进入归云庄，两人仍然借词交流，除了在这回末尾部分，看见"冒牌"裘千仞内功深厚，引唐朝无名氏《菩萨蛮》来比附。黄蓉在书房品评陆乘风抒发个人郁愤而题上岳飞《小重山》的水墨画，虽非深刻艺理，但也道出了中国诗书画相融相生的美学原理，是读者，特别是年轻一辈，读金庸小说的一种文化享受和收获。

金庸在《射雕英雄传》用到的词作，除了爱情，许多时候都是为了表达家国之思，这与小说的背景很配合，对于人物形象的描写塑造，也有很大帮助。例如第二十三回，写郭靖、黄蓉在西湖边读到俞国宝的《菩萨蛮》，郭靖盛怒下踢烂字画，并将那心内只有功名而没有家国百姓的酸秀才教训了一番。这里，除了表达郭、黄二人的家国之情，两人当时内心的郁闷，也侧面描写得很饱满。金庸小说写人物情感心绪，与景物和情境配合得自然无间，对这些文学作品的运用和处理，也很值得欣赏。这一回后面引到的岳飞诗、柳永词和金主完颜亮的立马诗，其实都是要表达这种家国情怀。

《射雕英雄传》这种家国之思和儿女情长，经常借词作的引用来表达。其中第二十六回，郭靖、黄蓉在岳阳楼读到范仲淹的《岳阳楼记》，郭靖为那句"先天下之忧而忧，后天下之乐而乐"佩服之际，黄蓉先说范仲淹也写过一首《剔银灯》的词，胸怀磊落，郭靖正出神之间，黄蓉再念"酒入愁肠，化作相思泪"的千古名句。金庸在这里借黄蓉之口说得好："是啊，大英雄大豪杰，也不是无情之人呢！"

而《神雕侠侣》第三十八回《生死茫茫》，写杨过找不到小龙女之后，"行尸走肉般踉跄下山，一日一夜不饮不食，但觉唇燥舌焦，于是走到小溪之旁，掬水而饮，一低头，猛见水中倒影，两鬓竟然白了一片"。然后金庸写杨过想到之前读过苏轼的《江城子·十年生死两茫茫》。小说中借此词映衬杨过失去小龙女的孤独伤心，对此词着墨不多。可是若说悼亡妻之词作，千古中国文学史，当以此为第一，八百年后，纳兰容若的《浣溪沙·谁念西风独自凉》，勉强只能步趋一二。

说到中国文学的悼亡作品，有名的还有潘岳和元稹的诗作，但以词而论，则公认以苏轼此词为第一，金庸在这里用上了，读者不妨了解。这首词的词牌是《江城子》，全词如下：

> 十年生死两茫茫，不思量，自难忘。千里孤坟，无处话凄凉。纵使相逢应不识，尘满面，鬓如霜。
>
> 夜来幽梦忽还乡，小轩窗，正梳妆；相顾无言，惟有泪千行！料得年年肠断处，明月夜，短松冈。

全词直抒和想象交相运用，只结尾六字有具体实景，情真意挚，气氛画面都沉痛动人甚深，在中国文学史上，是响当当的作品。近代词学大家唐圭璋，在他的《唐宋词简释》一书中称赞此词："此首为公悼亡之作。真情郁勃，句句沉痛，而音响凄厉，诚后山所谓'有声当彻天，有泪当彻泉'也。"

金庸小说中引用的词作，很值得注意的，还有一首《天龙八部》的"含羞倚翠不成歌"。第二十三回《塞上牛羊空许约》，萧峰错手杀死阿朱后，在她家中看到段正淳写给阮星竹的词作条幅，写的《少年游》正是此词：

> 含羞倚醉不成歌，纤手掩香罗。偎花映烛，偷传深意，酒思入横波。
>
> 看朱成碧心迷乱，翻脉脉、敛双蛾。相见时稀隔别多。又春尽、奈愁何？

　　这原是苏门四学士之一的张耒夜游楚馆之作，"看朱成碧"一句，可能是书中阿朱阿碧取名之由来。此词词意只是男女之情，乃段正淳风月留情的书画，但萧峰由此发现字迹有异，知道当日的"带头大哥"应该不是段正淳，然后拿着这条幅去找这仇人，跟《神雕侠侣》的《四张机》词一样，对推动剧情起了重要作用。《天龙八部》第十一回，鸠摩智挟带段誉到苏州，段誉看到苏州美景，念起寇准的《江南春》；到阿碧出场，乘小舟，划着双桨，口中唱着唐代诗人皇甫松《采莲子其一》的"菡萏香连十顷陂"，而在第十一回弹唱的《燕词》更有一段典故，饶有文人情味，走笔一宕，与读者分享。《湘山野录》有一段记载：

　　吕申公累乞致仕，仁宗眷倚之重，久之不允。他日，复叩于便坐，上度其志不可夺，因询之曰："卿果退，当何人可代？"申公曰："知臣莫若君，陛下当自择。"仁宗坚之，申公遂引陈文惠尧佐，曰："陛下欲用英俊经纶之臣，则臣所不知。必欲图任老成，镇静百度，周知天下之良苦，无如陈某者。"仁宗深然之，遂大拜。后文惠公极怀荐引之德，无以形其意，因撰《燕词》一阕，携觞相馆，使人歌之曰："二社良辰，千秋庭院，翩翩又见新来燕。凤凰巢稳许为邻，潇湘烟暝来何晚。乱入红楼，低飞绿岸，画梁时拂歌尘散。为谁归去为谁来，主人恩重朱帘卷。"申公听歌，醉笑曰："自恨卷帘人已老。"文惠应曰："莫愁调鼎事无功。"老于岩廊，酝藉不减。

吕申公即北宋初年名相吕夷简，辅助仁宗主政。陈文惠即陈尧佐，得吕提拔，最后在仁宗朝官至宰相。词的原意是感谢知遇荐引之恩，与金庸所写和塑造的不同，但却可见金庸引用文学作品时不拘一格，而且妙入自然，配合情景。

其他在金庸小说出现的词句，还有《鹿鼎记》第三十九回，韦小宝听歌女唱秦观《望海潮》，闷得直打呵欠；《书剑恩仇录》第一回陆菲菁念辛弃疾的豪放词作《贺新郎》；第七回，陈家洛和乾隆讨论纳兰词；第十回，乾隆听玉如意唱周邦彦《少年游》，想到李师师和周邦彦的情事，色心大动，最后为红花会所擒。在《天龙八部》，金庸自撰了五首词作回目，则可说是他的武侠小说中，对于"词"，一种非常独特的展现和运用了，尤其珍贵。

潘之恒《情痴》篇说："故能痴者而后能情，能情者而后能写其情。"金庸善写情，也善用中国文学上的情词，特别是在《射雕英雄传》和《神雕侠侣》两书，引用的宋词与作品中的人物和故事紧紧扣联，大大有助作品的抒情写意。金庸的武侠小说好看，能写情之深，是重要原因。背后中国文学提供的文化背景和佳作渊薮，更令作品蕴藉厚藏，动人至深，愿读者被曲折的故事情节吸引之余，也能了解与欣赏。

第三章　元曲

元代文学以"曲"为代表。"元曲"是元代"一代之文学"。中国文学史上的"元曲",不是单一的概念,而是有广义和狭义之分。广义是指杂剧之外,包括散曲在内,以合乐和曲辞为主的体式。王季思老师在《元散曲选注》书中的《前言》说得清楚:

> 传统的观念,"元曲"包括杂剧和散曲两部分,但从我们今天看来,它们是两种不同的文学体裁:杂剧是戏剧,而散曲则是诗歌的一体。不过两者在形式上又有联系,杂剧主要部分的唱词,和散曲一样,都是合乐歌唱,要按照曲调来撰写的。它们的关系,就像诗歌和诗剧那样。

所以,元代散曲和宋词一样,讲究合乐,是"流行曲"。散曲分套曲和小令两种,套曲也称套数,是由同一宫调的若干支曲子组成的组曲,一般是一韵到底,从文学角度看,像组诗。至于小令,是单支曲子,如果从文学角度看,是独立的小诗。散曲文学性质与诗词一样,可用于抒情叙事或写景遣怀,重要的作家有关汉卿和马致远,到了元代后期,还有乔吉和张可久等名家；狭义的"元曲"，则专指剧曲性质的元杂剧，这是中国古代重要的一种戏剧。

从内容来分类，元代散曲可以主要分为写景状物和抒情述怀两大类别。写景状物包括描写风光景物、名胜古迹，或表现游赏之乐趣，又借咏史以讽今，批评世俗，状物则指描写自然景物，以至女子饰物都有。抒写情怀，则多是表达失时不遇和厌弃名利而思慕归隐之乐，部分以爱情或男女风情为内容，大胆程度超越唐宋诗词，直接描写相恋，甚至幽会时的情态和心理，《书剑恩仇录》中，写到玉如意唱给乾隆皇帝听的曲，就是例子。

元散曲最重要的艺术特色是语言自然直率，情感真挚显露，与传统诗词的含蓄委婉并不相同。简单来说，诗词多用比兴，曲则多用赋的手法，直陈白描。另外，散曲中多夹入方言俚语，以上这些，都是不少人认为散曲不够文学性的原因。可是从另一角度看，元散曲语言质朴自然，鲜活有力，又正是与唐诗宋词不同之处，而在唐宋两代五百年的发展后，这种结合方言和口语，具生命力和民歌色彩的新文学语言的出现，也是文学发展的常途。所谓"文而不文，俗而不俗"，本色当行，散曲语言，这种写百姓生活和心理的语言工具，亦自有其优势。

这一章谈金庸武侠小说引用过的元代散曲，戏曲部分放在第六章。

谈金庸小说引用的元散曲，一定先谈《射雕英雄传》，因为有所谓"宋代才女唱元曲"的批评。《射雕英雄传》的第二十九回《黑沼隐女》，写郭靖得瑛姑指点，往寻一灯大师医治黄蓉的重伤，途中遇到"渔樵耕读"四位弟子，其中遇到樵夫的一节：

> 只听他唱的是个"山坡羊"的曲儿："城池俱坏，英雄安在？云龙几度相交代？想兴衰，苦为怀。唐家才起隋家败，世态有如云变改。疾，是天地差！迟，是天地差！"那"山坡羊"小曲于宋末流传民间，到处皆唱，调子虽一，曲词却随人而作，何止千百？惟语句大都俚俗。黄蓉听得这首曲子感慨世事兴衰，大有深意，心下暗暗喝彩。只见唱曲之人从彩虹后转了出来，左手提着一捆松柴，右手握着一柄斧头，原来是个樵夫。

樵夫在这里唱的《山坡羊》，原是元代曲家张养浩的作品。张养浩晚年在陕西，用《山坡羊》的曲调，共写了九首怀古曲，这《咸阳怀古》是其中一首，其他还包括《骊山怀古》《潼关怀古》《未央怀古》等。张养浩生于一二七〇年，死于一三二九年，是元代著名散曲作家，也是少数有别集流传的散曲作家，传世有《云庄休居自适小乐府》。集中多写晚年归隐的闲适逸乐，同时也流露了对官场险恶的恐惧和厌恶之情。金庸以张养浩的散曲置于《射雕英雄传》的人物，在时序上明显不合真实：

> 只听那樵子又唱道："天津桥上，凭栏遥望，春陵王气都凋丧。树苍苍，水茫茫，云台不见中兴将，千古转头归灭亡。功，也不久长！名，也不久长！"他慢慢走近，

随意向靖、蓉二人望了一眼，宛如不见，提起斧头便在山边砍柴。黄蓉见他容色豪壮，神态虎虎，举手迈足间似是大将军有八面威风。若非身穿粗布衣裳而在这山林间樵柴，必当他是个叱咤风云的统兵将帅，心中一动："师父说南帝段皇爷是云南大理国的皇帝，这樵子莫非是他朝中猛将？只是他歌中词语，却何以这般意气萧索？"又听他唱道："峰峦如聚，波涛如怒，山河表里潼关路。望西都，意踟蹰。伤心秦汉经行处，宫阙万间都做了土。兴，百姓苦！亡，百姓苦！"当听到最后两句，黄蓉想起父亲常道："什么皇帝将相，都是害民恶物，改朝换姓，就只苦了百姓！"不禁喝了声彩："好曲儿！"那樵子转过身来，把斧头往腰间一插，问道："好？好在哪里？"黄蓉欲待相答，忽想："他爱唱曲，我也来唱个'山坡羊'答他。"当下微微一笑，低声唱道：

"青山相待，白云相爱。梦不到紫罗袍共黄金带。一茅斋，野花开，管甚谁家兴废谁成败？陋巷箪瓢亦乐哉。贫，气不改！达，志不改！"她料定这樵子是个随南帝归隐的将军，昔日必曾手绾兵符，显赫一时，是以她唱的这首曲中极赞粪土功名、山林野居之乐，其实她虽然聪明伶俐，毕竟不是文人学士，能在片刻之间便作了这样一首好曲子出来。（第二十九回）

这是金庸武侠小说引用文学作品中，非常特别的一段，因为它成为后来被批评和广泛讨论的情节内容。金庸这一大段描写，引用了张养浩的元曲作品，当作是黄蓉所作，惹来不少批评。梁羽生化名佟硕之写《金庸梁羽生合论》一文，就狠狠地批评金庸：

> 金庸的小说最闹笑话的还是诗词方面，例如在《射雕英雄传》中，就出现了"宋代才女唱元曲"的妙事。

说是"妙事"，当然是语带讥讽，实则是"笑话"。接下来，梁羽生遂指出时序的不对：

> 《射雕英雄传》的女主角黄蓉，在金庸笔下是个绝顶聪明的才女，"渔樵耕读"这回用了许多篇幅，描写这位才女的渊博才华。黄蓉碰见"渔樵耕读"中的樵子，那樵子唱了二首牌名《山坡羊》的曲儿，黄蓉也唱了个《山坡羊》答他。
>
> 樵子唱的三首：一、"城池俱坏，英雄安在……"，二、"天津桥上，凭栏遥望……"，三、"峰峦如聚，波涛如怒……"。这三首《山坡羊》的作者是张养浩，原题第一首是《咸阳怀古》，第二首是《洛阳怀古》，第三首是《潼关怀古》。
>
> 张养浩元史有传，在元英宗时曾做到参议中书省事，生于公元一二六九年，卒于公元一三二九年。《射雕英雄传》最后以成吉思汗死而结束，成吉思汗死于一二二七年八月十八日，黄蓉与那樵子大唱《山坡羊》之时，成吉思汗都还未死，时间当在一二二七年之前。张养浩在一二六九年才出世，也即是说要在樵子唱他的曲子之后四十

多年才出世。黄蓉唱的那首《山坡羊》："青山相待，白云相爱。……"作者是宋方壶，原题为"道情"（见《全元散曲》下卷1300页）。此人年代更在张养浩之后，大约要在黄蓉唱他曲子之后一百年左右才出世。

梁羽生毫不客气，在此文很详细地道出金庸这段"宋代才女唱元曲"的不恰当、"闹笑话"，上面这数段文字，说得清楚明白。金庸在修订版本的这一回回末，金庸自注说："散曲发源于北宋神宗熙宁、元丰年间，宋金时即已流行民间。惟本回樵子及黄蓉所唱'山坡羊'为元人散曲，系属晚出。"

在金庸作品中，这种情况虽并不多，在上一章谈《神雕侠侣》时，也指出过金庸引用了元代梁曾的《木兰花慢·西湖送春》来写南宋末年的程英，时序亦是颠倒不合。虽然有些论者认为小说创作，本来就是"七实三虚"，金庸作品中出现的诗词也不见得全都是他的原创。不过我们明白，对于金庸，读者要求和期望更高，期望一切细节都配得上他小说作品的水平。其次是文学上的效果考虑，文学作品中移用其他人的作品，贵在粘连虚实，若即若离，像《书剑恩仇录》的悼香香公主词，就是虚实运用得极好的例子，利用读者的想象联缀，再紧扣小说的情节和人物。现在黄蓉唱的这几首元曲，张养浩和他这几首作品在文学史上享有大名，有点唐突古人；宋人唱元曲，其中好坏，也应从产生虚实粘连的可能和联想来定断。梁羽生在此文又说：

根据中国旧小说的传统，书中人物所作的诗词或联语之类，如果不是注明"集句"或引自前人，则定然是作者代书中人物作的。例如《红楼梦》中林黛玉的葬花词、薛宝钗的怀古诗、史湘云的柳絮词等等，都是作者曹雪芹的手笔。元春回府省亲时，贾政叫贾宝玉题匾、拟联等等，也都是曹雪芹本人的大作。曹雪芹决不能叫林黛玉抄一首李清照词或贾宝玉抄一首李白的诗以显示才华，其理明甚。

梁羽生自有他的道理，不过这种不合时序的文学作品引用，在中国古代的小说戏曲中，也并不是没有先例，不赞同这种看法的亦不乏人，例如梁冬丽指出明代冯梦龙在《醒世恒言》的《隋炀帝逸游召谴》中，隋炀帝制湖上曲《望江南》八阕，就很不合理，因为《望江南》是唐人所创之调，隋炀帝不可能用以制曲；又引宋元话本的《张子房慕道记》也有很多七绝、七律、词调等，然后总结出一句："当我们明白小说的创作手法与创作目的以后，就不会指责他们为什么会犯这样的常识错误了，因为他们是'故意的'。"①

的确，从中国文学中小说戏剧的写作传统来看，时序颠倒的例子，并不罕见，例如元杂剧中，郑廷玉所撰的《楚昭公疏者下船》，"第二折"楚昭公有一段唱词："他走樊城兀自红颜，过昭关早成皓首……只待要投鞭儿截断长江，探囊儿平吞了俺这夏口。"故事和人物是春秋时期，但却用上三国和东晋的典故，这种情况在元杂剧和明清戏曲都常见，特别是运用在

---

① 梁冬丽：《古代小说与诗词》，暨南大学出版社，2018 年，第 33 页。

曲辞口白中，后来论者狠评的也不见很多。从中国文学的传统看，小说戏曲在诗义正宗以外，古人在"时序不合"方面，并不介意和在乎。

至于金庸，为了回应梁羽生的批评，他在《海光文艺》一九六六年四月号，发表了《一个"讲故事人"的自白》，其中淡淡地说：

> 我所以写这一段，主因在极欣赏这几支元曲，尤其是"兴，百姓苦；亡，百姓苦"这几句话，忍不住要想法子抄在小说里……其实，我以为在小说戏剧中宋代人不但可以唱元曲，而且可以唱黄梅调，时代曲。山西人的关公绝对可以讲广东话，唱近代的广东调。梁山伯祝英台是晋朝人，越剧的曲子却起于民国初年，梅兰芳以起于清朝雍正乾隆年间的皮黄曲调唱秦朝末年的《霸王别姬》，董永是东汉时人，黄梅调起于清朝末年，《天仙配》中的董永却满口黄梅调，那在艺术上都不成问题。我想很少有人会去研究《空城计》中诸葛亮所唱的曲调在三国时代是否已经存在。

金庸的回应其实也有道理，而且在小说创作上，这种时序，未必是读者最关心的，所以笔者才认为由于金庸的一代宗师身份，大家的要求和期望定得很高，从小说创作的角度来看，是可以接受的。曹雪芹借书中人物尽显诗胆才华，固然是后世折服拜读的又一缘由。金庸小说在宋代故事用了元曲，对错高下，自应从作品所生的艺术感染力去判断。

　　话说回来，金庸此处引用元曲，虽然时序不合，但技巧高明。这一回，行文处处将这些材料发挥腾挪，像最后黄蓉与郭靖调笑，唱"活，你背着我！死，你背着我！"《山坡羊》的曲牌句式，妙合眼前情境却情味深苦，又刻画了郭靖黄蓉的生死爱情，撇开"宋代才女唱元曲"，金庸语言能力强，令平凡的唱曲应对，横生妙趣，扣着人物感情处境，可读性很高。

　　除了《射雕英雄传》，金庸作品引用散曲，大抵颇能配合故事情节和人物情境的需要。例如《书剑恩仇录》第十三回《吐气扬眉雷掌疾，惊才绝艳雪莲馨》，写余鱼同失意于情，在一家小客店住宿，夜里听到隔房有人轻弹琵琶，一女子低声唱起曲来，唱的曲词是："多才惹得多愁，多情便有多忧。不重不轻证候。甘心消受，谁教你会风流"。这首小令的作者是徐再思，曲牌《天净沙》，题目是《题情》。徐再思是元代后期的著名散曲作家，风格与乔吉和张可久这些顶尖元散曲作家相近，作品多写江南自然景物和闺阁之情，现存作品一百零三首。徐再思写过数首以《天净沙》为曲牌的散曲，这一首也不是最受重视的，不过金庸在这里表达余鱼同得不到骆冰的爱，伤心失意，甚而落发出家，内容和情感就相当合适了：

　　　　他心中思量着"多情便有多忧"这一句，不由得痴了。过了一会，歌声隐约，隔房听不清楚，只听得几句："……美人皓如玉，转眼归黄土……"出神半晌，不由得怔怔地流下泪来，突然大叫一声，越窗而出。

　　　　他在荒郊中狂奔一阵，渐渐地缓下了脚步，适才听到的"美人皓如玉，转眼归黄土"那两句，尽在耳边萦绕不去，想起骆冰、李沅芷等人，这当儿固然是星眼流波，皓齿排玉，明艳非常，然而百年之后，岂不同是化为骷髅？现今为她们忧急伤心，再过一百年想来，真是可笑之至了。（第十三回）

后面再引一句"你若无心我便休"，一说是唐朝张若虚的诗句，一说是佛经故事，目的都是表达余鱼同在此时矢志要跳出情网。《书剑恩仇录》在其他地方亦出现过元散曲作品的引用，那是第七回《琴音朗朗闻雁落，剑气沉沉作龙吟》。这一回写到陈家洛邀乾隆皇帝到西湖共叙，请来杭州名妓玉如意来唱歌，半劝半讽地规劝乾隆。唱的正是元散曲：

> 碧纱窗外静无人，跪在床前忙要亲，骂了个负心回转身。虽是我话儿嗔，一半儿推辞一半儿肯！

这是元代关汉卿的著名作品《题情》"四首"的其中一首。组曲原有四首，用一个女子的口吻，写与情人相聚时欢乐和离别时的痛苦情景。金庸用的是第二首，写的是男女调情之乐，也是历来较多人引用的一首。

上文提到元散曲文学上的重要特色是自然率直，大胆泼辣，这组散曲正好表现这种特色，选用的第二首尤其直接，甚至有些露骨。金庸以玉如意这名妓唱出，正好衬托乾隆的急色轻薄，选得很适当。至于后面的类似《知足歌》之类的民谣，不是元散曲，也距离文学较远。

《倚天屠龙记》第六回，则出现了另一段《山坡羊》：

殷素素默然，过了一会，忽然轻轻唱起歌来，唱的是一曲"山坡羊"："他与咱，咱与他，两下里多牵挂。冤家，怎能够成就了姻缘，就死在阎王殿前，由他把那杵来春，锯来解，把磨来挨，放在油锅里去炸。唉呀由他！只见那活人受罪，哪曾见过死鬼带枷？唉呀由他！火烧眉毛，且顾眼下。火烧眉毛，且顾眼下。"猛听得谢逊在舱中大声喝彩："好曲子，好曲子，殷姑娘，你比这个假仁假义的张相公，可合我心意得多了。"殷素素道："我和你都是恶人，将来都没好下场。"张翠山低声道："倘若你没好下场，我也跟你一起没好下场。"殷素素惊喜交集，只叫得一声："五哥！"再也说不下去了。

这首《山坡羊》出自《孽海记·思凡》的唱段，不是元曲作品，金庸作了一些删改，放在书中。在《鹿鼎记》的第十回，也有写到韦小宝看到这演出的片段。事实上，这《思凡》的演出，在今天的京剧，仍是可以看到的。《倚天屠龙记》用上散曲，不止此处，还有第二十回，张无忌与小昭困于光明顶秘道，眼见是无法出去，要死于洞内：

小昭一双明净的眼睛凝望着他……伸袖拭了拭眼泪，过了一会，忽然破涕为笑，说道："咱们既然出不去了，发愁也没用。我唱个小曲儿给你听，好不好？"张无忌实在毫没心绪听什么小曲，但也不忍拂她之意，微笑道："好啊！"小昭坐在他身边，唱了起来："世情推物理，人生贵适意，想人间造物搬兴废。吉藏凶，凶藏吉。"张无忌听到"吉藏凶，凶藏吉"这六字，心想我一生遭际，果真如此，又听她歌声娇柔清亮，圆转自如，满腹烦忧登时大减。

张无忌和小昭的爱情，可能是他一生四段感情中最纯洁的。小昭虽对他隐瞒了自己的真正身份，但从无一刻想加害他。这里的唱歌和最后分别时，在船舱内服侍他更衣和拥吻，都纯洁真挚。只有对着小昭，张无忌才可以完全放下戒心，了解这一关节，他们在生死患难中的这一段曲，唱的听的，就更有意义：

> 又听她继续唱道："富贵哪能长富贵？日盈昃，月满亏蚀。地下东南，天高西北，天地尚无完体。"张无忌道："小昭，你唱得真好听，这曲儿是谁做的？"小昭笑道："你骗我呢，有什么好听？我听人唱，便把曲儿记下来了，也不知是谁做的。"张无忌想着"天地尚无完体"这一句，顺着她的调儿哼了起来。小昭道："你是真的爱听呢，还是假的爱听？"张无忌笑道："怎么爱听不爱听还有真假之分吗？自然是真的。"小昭道："好，我再唱一段。"左手的五根手指在石上轻轻按捺，唱了起来："展放愁眉，休争闲气。今日容颜，老于昨日。古往今来，尽须如此，管他贤的愚的，贫的和富的。到头这一身，难逃那一日。受用了一朝，一朝便宜。百岁光阴，七十者稀。急急流年，滔滔逝水。"
>
> 曲中辞意豁达，显是个饱经忧患、看破了世情之人的

胸怀，和小昭的如花年华殊不相称，自也是她听旁人唱过，因而记下了。张无忌年纪虽轻，十年来却是艰苦备尝，今日困处山腹，眼见已无生理，咀嚼曲中"到头这一身，难逃那一日"那两句，不禁魂为之销。

这首曲的作者是关汉卿，曲的内容虽是对人生的看破和嘘唏，不合少女年华，但小昭一生孤苦，身不由己，最后要远赴波斯，得不到自己的爱情，其实也是非常契合，只是这时的张无忌不知道吧！

第四章　说理散文

　　本章谈说理散文。散文一词，在中国文学中的概念本来比较复杂，不过简单和普遍的定义，是相对于韵文而言，先秦时期的说理散文，主要内容不外阐述政治伦理。春秋战国时代，文化上百家争鸣，政治思想和学说层出，乱世中，有识之士都希望提出经世治天下的政治哲学，内在又建立安身立命的生命哲学，于是出现了百家争鸣的时代，中国说理议论散文发展蓬勃，可是即使有后来三千年的发展，但再也无法达到如此的文学和思想高度。

　　这段时期，有所谓"九流十家"，其中"儒墨道法"四家最蓬勃，儒道两家更深深影响中国文化数千年，渗入每一个中国人的日常生活和思想价值观。《论语》《孟子》《道德经》及《庄子》等书，是中国数千年来，最重要的思想典籍。在金庸小说里，这些作品和思想内容，也屡被引用，引用的方法有直接引述、结合武功和刻画人物思想等不同方面。这些不同的引用和植入，成为金庸小说最深厚而重要的文化精神和背景，这是金庸小说的重要特色，读者不可不知。

　　道家和老庄思想运用得最多，先谈。

　　金庸写的既是武侠小说，出现道士和武当派等人物很正常。虽然道家和道教是不同的概念，但老庄思想的切入和出现，亦自然合理。这些在先秦诸子散文中流露出来的思想，很多时候都被金庸用作绝顶武功的意旨神思，其中《倚天屠龙记》写张三丰创太极拳，既符合史事，当然亦是道家思想的强烈展现，至于《九阴真经》的"天之道损有余而补不足……"，也是从老子《道德经》一书借用过来。

相对来说，老庄思想融入武功在金庸小说最常出现，而且在各种思想流派中，金庸似乎也最爱以之与武功相结合，互为生发。另一方面，《庄子》一书，历来都被视为先秦诸子思想文献中，最具文学性的一种，除了语言运用外，想象奇特奔放，形象具体鲜明等，皆是原因。或者正因这原因，金庸常将之结合表达心灵神思与天人交契的武学极高境界。最明显的例子是《书剑恩仇录》第十七回，写陈家洛、霍青桐和喀丽斯三人在玉室的阿里骸骨旁边，拾到一捆写有《庄子》的竹简。陈家洛从"庖丁解牛"中悟到了武功：

> 霍青桐忽问："那篇'庄子'说些什么？"陈家洛道："说一个屠夫杀牛的本事很好，他肩和手的伸缩，脚与膝的进退，刀割的声音，无不因便施巧，合于音乐节拍，举动就如跳舞一般。"香香公主拍手笑道："那一定很好看。"霍青桐道："临敌杀人也能这样就好啦。"陈家洛一听，顿时呆了。"庄子"这部书他烂熟于胸，想到时已丝毫不觉新鲜，这时忽被一个从未读过此书的人一提，真所谓茅塞顿开。"庖丁解牛"那一段中的章句，一字字在心中流过："方今之时，臣以神遇，而不以目视，官知止而神欲行，依乎天理，批大郤，导大窾，因其固然……"

> 再想到："行为迟，动刀甚微，謋然已解，如土委地，提刀而立，为之四顾，为之踌躇满志。"心想："要是真能如此，我眼睛瞧也不瞧，刀子微微一动，就把张召重那奸贼杀了……"（第十七回）

后来陈家洛果然利用这套由"庖丁解牛"领悟到而自创的武功，在余鱼同笛声相和之下，打败和擒住了大恶人张召重。金庸还宕开一笔，借陈家洛的师父，武林第一高手天池怪客的惊讶，来描写这套陈家洛自创拳法的独特："袁士霄沉吟不语，心中大惑不解，陈家洛这套功夫非但不是他所授，而且武林中从所未见。他见多识广，可算得举国一人，却浑不知陈家洛所使拳法是何家数，看来与任何流派门户都不相近。"（第十八回）

这种哲学思想与武功自然巧妙的结合，特别是老庄思想的虚无而与自然之道契合相生，很符合武侠小说讲究的高深武学精神，因此在金庸其他小说也是经常见到的。《飞狐外传》第十五回，胡斐在福安康王府内看到写着《庄子·说剑》的直幅，想到"示处开利，后发先至"，认为"确是武学中的精义"，不过《说剑》不是庄子作品，是后人伪作。另外，又例如《神雕侠侣》的独孤求败和《笑傲江湖》中，风清扬传给令狐冲的"独孤九剑"都有相近的精妙，《侠客行》的石破天因为不识字，心无窒碍，反而能领悟绝世武功，都是这种思想。在《射雕英雄传》第十二回，洪七公逗着黄蓉玩，教了她一套武功，名叫"逍遥游"，虽然未见很多笔墨扣紧庄子思想来发挥，但却出自庄子思想的名篇；第十七回写到周伯通困居桃花岛十五年，由双手互搏而悟出的"空明拳"，也是依据道家思想"以虚击实，以不足胜有余"，这套武功后来《神雕侠侣》的耶律齐和《倚天屠龙记》开首的郭襄，都施展过，原都是配合人物性格和思想而设计的武功。

这种老庄思想的运用，在周伯通身上是非常成功的。除了这套空明拳和双手互搏等武功，在《神雕侠侣》的最后华山之巅上，金庸将"天下第一"的争夺，归结在老庄思想，是读《射雕英雄传》和《神雕侠侣》的重要情节和心思，读者不应轻轻放过。我们先看《神雕侠侣》一书，金庸最后对"天下第一"的阐释：

　　黄药师道："要不然便是蓉儿。她武功虽非极强，但足智多谋，机变百出，自来智胜于力，列她为五绝之一，那也甚当。"周伯通鼓掌笑道："妙极，妙极！你什么黄老邪、郭大侠，老实说我都不心服，只有黄蓉这女娃娃精灵古怪，老顽童见了她就缚手缚脚，动弹不得。将她列为五绝之一，真是再好也没有了。"

　　各人听了，都是一怔，说到武功之强，黄药师、一灯等都自知尚逊周伯通三分，所以一直不提他的名字，只是和他开开玩笑，想逗得他发起急来，引为一乐。哪知道周伯通天真烂漫，胸中更无半点机心，虽然天性好武，却从无争雄扬名的念头，决没想到自己是否该算五绝之一。

　　黄药师笑道："老顽童啊老顽童，你当真了不起。我黄老邪对'名'淡泊，一灯大师视'名'为虚幻，只有你，却是心中空空荡荡，本来便不存'名'之一念，可

又比我们高出一筹了。东邪、西狂、南僧、北侠、中顽童五绝之中，以你居首！"（第四十回）

这是金庸武侠小说精彩的一笔，欣赏这一段，要回应在《射雕英雄传》的结尾一回"华山论剑"，欧阳锋因为倒练《九阴真经》而走火入魔，疯疯癫癫之下连败洪七公等数人，成了"天下第一"。金庸在这里为华山论剑开了一个玩笑，又或者是作出启示，就是："天下第一是个疯子"。作者当然意有所寄，高明之处，正与《神雕侠侣》的结尾遥遥呼应，而且把思想深度扣合中国文化思想，由儒入老庄，推得更深刻，令人反思。说金庸是一代宗师，不由我们不同意。

庄子文章和思想的引用，在"射雕三部曲"都有用上，而且起着不小的作用。《射雕英雄传》和《神雕侠侣》对"天下第一"和武学绝顶境界，都借庄子思想以阐述。至于三部曲的最后一部《倚天屠龙记》，也曾借庄子的思想来写张翠山和殷素素的相知相爱：

> 殷素素瞧着一望无际的大海，出了一会神，忽道："'庄子'秋水篇中说道：'天下之水，莫大于海，万川归之，不知何时止而不盈。'然而大海却并不骄傲，只说：'吾在于天地之间，犹小石小木之在大山也。'庄子真是了不起，胸襟如此博大！"张翠山见她挑动高蒋二人自相残杀，引以为乐，本来甚是不满，忽然听到这几句话，不禁一怔。"庄子"是道家修真之士所必读，张翠山在武当山时，张三丰也常拿来跟他们师兄弟讲解。但这个杀人不

眨眼的女魔头突然在这当儿发此感慨，实大出于他意料之外。他一怔之下，说道："是啊，'夫千里之远，不足以举其大，千仞之高，不足以极其深。'"殷素素听他以《庄子·秋水篇》中形容大海的话相答，但脸上神气，却有不胜仰慕钦敬之情，说道："你想起了师父吗？"张翠山吃了一惊，情不自禁地伸出右手，握住了她另外一只手，道："你怎知道？"……殷素素道："你脸上的神情，不是心中想起父母，便是想起了师长，但'千里之远，不足以举其大'云云，当世除了张三丰道长，只怕也没第二个人当得起了。"张翠山甚喜，道："你真聪明。"惊觉自己忘形之下握住了她的双手，脸上一红，缓缓放开。

（第五回）

而下面殷素素再引《庄子》中颜回称赞孔子"步亦步""趋亦趋"的话，张翠山更加好感大增，两人也亲近了许多。张翠山和殷素素两情相悦，最后生死相随的情爱，这里也是铺垫的一着，不是闲笔。

另一部引用《庄子》思想的作品是《天龙八部》。书中的"逍遥派"，取的是庄子《逍遥游》之旨，虚竹大战丁春秋，金庸就力写了许多"逍遥"之旨。比较来说，《天龙八部》一书，杂陈先秦多家思想，也不独只是庄子，老子思想也有，例如第十回，写到鸠摩智与枯荣大师对战，枯荣大师烧六脉神剑图谱，用缕缕黑烟攻击他，心下暗奇怪："如此全力出击，所谓'飘风不终朝，暴雨不终夕……'"这两句就是出自《老子》第二十三章。不过在各家思想中，《天龙八部》书中引用得最多的始终是儒家思想，主要是《论语》和《孟子》，书中的书呆子段誉，就说得最多，《天龙八部》的前十回，主要是写段誉的遭遇。书中的段誉，是典型的书呆子，热情正义，仁厚夹着傻憨，心中相信"是否英雄好汉，岂在武功高下？武功纵然天下第一，倘若行事卑鄙龌龊，也就当不得'大丈夫'三字"（第三回）。他书读得多，满口诗文，说话经常引经据典，在出场的首数回，常见他引用先秦儒家的说法：

> 段誉摸了摸脸颊，说道："给他打了一下，早就不痛了，还记着干么？唉，可惜打我的人却死了。孟子曰："恻隐之心，仁之端也。"佛家说："救人一命，胜造七级浮屠。"（第一回）

> 段誉跳下马来，昂然道："我又不是你奴仆，要走便走，怎说得上'私自逃走'四字？黑玫瑰是你先前借给我的，我并没还你，可算不得偷。你要杀就杀好了。曾子曰：'自反而缩，虽千万人，吾往矣！'我自反而缩，自然是大丈夫。"（第三回）

> "倘若为我自己，那是半句违心之论也决计不说的，贪生怕死，算什么大丈夫了？只不过为了木姑娘，也只得委屈一下了。《易象》曰：'柔顺利贞，君子攸行'，就是以柔克刚的道理。"言念及此，心下稍安。（第四回）

> 段誉道："你胡乱杀人，也是不对的。子曰：'己所不欲，勿施于人。'你不想给人杀了，也就不该杀人。别人有了危难苦楚，该当出手帮助，才是做人的道理。"（第四回）

　　他幼读儒经佛经，于文义中的些少差异，辨析甚精，什么"是不为也，非不能也"，什么"白马非马，坚石非石"，什么"有相无性，非常非断"，钻研得一清二楚，当此紧急关头，抓住了南海鳄神一句话，便跟他辩驳起来。（第四回）

　　这样众多的诸子章句和思想引入，当然不是作者有意掉书袋，而是配合和有助描画段誉多读书而迂腐傻憨的性格形象。除了段誉，《天龙八部》仍有不少儒家思想章句的引用，例如第三十回中，"函谷八友"排行第三的苟读就说了一大串孔孟语录。第三十四回，慕容复也念起"不虞之誉，求全之毁"，亦出自《孟子》的章句。特别值得一提的是第四回，说段誉喜欢读书，且辨析甚精，提到"白马非马""坚石非石"等思想，这是先秦时期《公孙龙子》等诡辩家的学说，可见金庸小说中的先秦思想涉猎广泛。

　　《射雕英雄传》的"降龙十八掌"是洪七公和郭靖的武功绝学，这两人在书中，以至所有金庸小说中，都是仁义和大侠的代表，可以说是以仁为最核心意旨的儒家思想之典型。人物和武功也是配合的，"降龙十八掌"的招式名称如"亢龙有悔""飞龙在天""见龙在田""潜龙勿用"等，都是儒家"六经"之一——《易经》里的卦辞。

　　老庄思想之外，金庸小说中最强烈的当然还是儒家思想。《射雕英雄传》三部曲，更是儒家思想浓厚表达的作品，由洪七公在华山怒责裘千仞，那份自反而缩的道德勇气，到"侠之大者"的郭靖，再到张无忌的仁厚宽大，处处都是儒家精神的流露。即使有黄药师和杨过般狂狷之人，但其实不脱儒家思想精神。杨过受郭靖所感召教导，最后亦不顾一切保家卫国，黄药师更加敬重忠臣孝子。在《射雕英雄传》第三十四回《岛上巨变》，众人在嘉庆烟雨楼比武，他为被欧阳锋杀死的儒生埋葬人头。《鹿鼎记》中黄梨洲、顾炎武等人，更因人物角色关系，在小说中很自然表达了许多儒家思想的政治主张。

金庸小说中，引用孔、孟、荀或者一些儒家经典章句和思想的地方很多，主要是表达人物在既定情境时的思想情感，例如《倚天屠龙记》第十九回，圆真偷袭，光明顶被攻陷，明教一众高手一败涂地。作者描写杨逍内心：

> 他（杨逍）想圆真此次偷袭成功，固是由于身负绝顶武功，但最主要的原因，还在知道偷上光明顶的秘道，越过明教教众的十余道哨线，神不知鬼不觉的突然出手，才能将明教七大高手一举击倒。明教经营总坛光明顶已数百年，凭借危崖天险，实有金城阳池之固，岂知祸起于内，猝不及防，竟至一败涂地，心中忽地想起了"论语"中孔子的几句话："邦分崩离析，而不能守也；而谋动干戈于邦内。吾恐季孙之忧，不在颛臾，而在萧墙之内也。"

"祸起萧墙"用在这里，确是道出了明教之败的真正原因。这几句话原出于《论语·季氏》篇，写孔子教训弟子冉求和子路的话，是孔子一段有名的政治见解，原文是：

丘也闻有国有家者，不患寡而患不均，不患贫而患不安。盖均无贫，和无寡，安无倾。夫如是，故远人不服，则修文德以来之，既来之，则安之。今由与求也，相夫子，远人不服而不能来也；邦分崩离析，而不能守也；而谋动干戈于邦内。吾恐季孙之忧，不在颛臾，而在萧墙之内也。

到了张无忌救了众人，最后在光明顶上力敌六大派，遇到华山派掌门鲜于通，也是因为他念了一句《论语》的"见贤思齐"，联想到"见死不救"的外号，才记起他就是蝶谷医仙胡青牛口中，那害死他妹子的薄幸狠心之人。

《论语》在金庸小说中常为故事人物所用，其中如黄蓉就是例子。《神雕侠侣》第三回，就写她教杨过"学而时习之"，不过她引用《论语》最有趣的，当然是在《射雕英雄传》第三十回，她年青时负伤，因要找一灯大师疗伤遇上朱子柳的一段：

见那书生全不理睬，不由得暗暗发愁，再听他所读的原来是一部最平常不过的《论语》，只听他读道："暮春者，春服既成，冠者五六人，童子六七人，浴乎沂，风乎舞雩，咏而归。"读得兴高采烈，一诵三叹，确似在春风中载歌载舞，喜乐无已。黄蓉心道："要他开口，只有出言相激。"当下冷笑一声，说道："《论语》纵然读了千遍，不明夫子微言大义，也是枉然。"……冷笑道："阁下可知孔门弟子，共有几人？"那书生笑道："这有何难？

孔门弟子三千，达者七十二人。"黄蓉问道："七十二人
中有老有少，你可知其中冠者几人，少年几人？"那书生
愕然道："《论语》中未曾说起，经传中亦无记载。"黄蓉
道："我说你不明经书上的微言大义，岂难道说错了？刚
才我明明听你读道：冠者五六人，童子六七人。五六得三
十，成年的是三十人，六七四十二，少年是四十二人。两
者相加，不多不少是七十二人。瞧你这般学而不思，嘿，
殆哉，殆哉！"

这一段有趣的引用原是出自冯梦龙《古今笑·巧言部》，
至于朱子柳背诵的几句章句则出自《论语·先进》篇，是后
世人认为《论语》中，最具文学具象性描写的一段《弟子侍
坐章》，不过金庸在这里挪用，既生趣味，也塑造黄蓉聪颖敏
智的形象，是藏于金庸小说中的另一种中国文化知识和趣味。

即使在《神雕侠侣》，郭靖为救武氏兄弟，深入敌营与忽
必烈见面。忽必烈要说降郭靖，用的也是孟子"民为贵，君
为轻，社稷次之"的语句和思想。这里要留意的是，这些诸
子哲学思想，即使没有章句文本的直接引用，但在金庸小说，
实在早已成为文化背景，可说无处不在，影响着人物言行和故
事情节，例如《射雕英雄传》结尾华山论剑，洪七公怒责裘
千仞，就完全是儒家"内省不疚，不忧不惧""自反而缩"等
道德勇气的表达展现。这在本书下卷会谈及，不赘。

金庸引用先秦诸子散文，儒道之外，其他各派思想并不多
见。上面引了"白马非马"两句是"名家"的名句。"法家"
思想虽然引用不多，不过金庸在《飞狐外传》第十九章写到

天下掌门人大会上，各人听到茶酒中有毒而大惊，就引出一番
道理：

> 须知"儒以文乱法，侠以武犯禁"，历来人主大臣，
> 若不能网罗文武才士以用，便欲加之斧钺而灭，以免为患
> 民间，扇动天下。

这句"儒以文乱法，侠以武犯禁"与现代武侠小说绾连
较深，不少文人学者谈到武侠小说的发展，总爱引用这两句说
明武侠的思想，远在中国先秦时代已经存在。

这一章谈金庸小说里的先秦说理散文，因此重心都在先秦
诸子的政治文化思想。其实金庸小说中也出现不少宗教思想，
特别是佛家，例如《天龙八部》的寄意，《倚天屠龙记》的金
刚伏魔圈和谢逊的一生孽冤，只是本书主要想从中国文学角度
谈金庸小说，因此从略。

第五章　史传散文

中国古代散文除了诸子散文之外，另一个重要的系统是史传散文。如果说诸子散文重知性，与政治和人生哲学的关系较密切，那么史传散文则更富文学性，当中的故事情节和人物形象心理等，更接近文学作品，而中国古典文学中的叙事文学，基本上就是从这一路与历史叙述紧密结合的史传散文一路发展而来。这种"史传"的传统影响中国小说或叙事文学非常深远。所以陈平原说："小说以叙事为主，而在中国，叙事实出史学。不管是古文家还是小说家，谈论'叙事'，都不能不从史官之文说起。"①

综观金庸引用中国传统散文，主要是先秦部分较多。唐宋古文以至明清两代的小品文，甚或桐城派古文，在金庸各小说中只偶然出现，例如《射雕英雄传》写到黄蓉和郭靖在岳阳楼上读到范仲淹的《岳阳楼记》，为那句"先天下之忧而忧，后天下之乐而乐"大表拜服慨叹。相反，先秦散文，在金庸小说中常见得多。其中的说理或诸子散文，或用其章句，或借其义理，在上一章已经论及，这一章再谈"史传散文"。

谈金庸散文中用先秦史传故事，扣连最直接、最紧密、最

---

① 陈平原：《中国小说小史》，北京大学出版社，2019年，第25页。

重要的，不是大家都很重视的数部著名长篇作品，反而是一部一般人很不放在心上的《越女剑》。的确，金庸的武侠小说中，《越女剑》篇幅最短，只有一万九千余字。这作品很少被人提及，即使金庸以自己作品的书名缀字成十四字对联"飞雪连天射白鹿，笑书神侠倚碧鸳"，也没有包括它。

不过要说金庸小说和史传文学的关系，偏偏就是这部最短篇来得最直接，因为小说中故事的骨干情节和人物，都主要来自史传文学作品《吴越春秋》，这种故事内容和主角人物直接取用于史传的，在所有金庸武侠小说中，只有这一部。

"越女剑"的故事，最先见于赵晔的《吴越春秋·勾践阴谋外传》勾践十三年：

　　越王又问相国范蠡曰："孤有报复之谋，水战则乘舟，陆行则乘舆，舆舟之利，顿于兵弩。今子为寡人谋事，莫不谬者乎？"范蠡对曰："臣闻古之圣君，莫不习战用兵，然行阵队伍军鼓之事，吉凶决在其工。今闻越有处女，出于南林，国人称善。愿王请之，立可见。"越王乃使使聘之，问以剑戟之术。

　　……

　　见越王，越王问曰："夫剑之道则如之何？"女曰："妾生深林之中，长于无人之野，无道不习，不达诸侯。窃好击之道，诵之不休。妾非受于人也，而忽自有之。"越王曰："其道如何？"女曰："其道甚微而易，其意甚幽而深。道有门户，亦有阴阳。开门闭户，阴衰阳兴。凡手战之道，内实精神，外示安仪，见之似好妇，夺之似惧

虎，布形候气，与神俱往，杳之若日，偏如腾兔，追形逐
影，光若佛仿，呼吸往来，不及法禁，纵横逆顺，直复不
闻。斯道者，一人当百，百人当万。王欲试之，其验即
见。"越王大悦，即加女号，号曰"越女"。乃命五校之
队长、高才习之，以教军士。当此之时皆称越女之剑。

当然，这故事原型与金庸笔下的《越女剑》有很大的不
同，但金庸小说上承史传文学，或者受到史传文学深深影响，
这是明证，而且史传中最重要的人物和情节，都在某程度上保
留在金庸的这部作品中。吴越争霸的故事，见于很早的典籍，
但将范蠡和西施作情侣来处理的，最早亦应该见于这部东汉时
期的《吴越春秋》。范蠡和西施的爱情故事在中国耳熟能详，
《射雕英雄传》第十三回，郭靖和黄蓉在太湖泛舟，"四望空
阔"，黄蓉就跟郭靖说起范蠡西施的爱情故事。其他如萧史和
弄玉、梁祝化蝶、牛郎织女这些中国传统的爱情故事，在金庸
小说中如《倚天屠龙记》《书剑恩仇录》和《连城诀》等，
也是常有引用或由男女主角所提及。

说到《春秋》，我们容易想起更早期的"六经"。《春秋》
是一部史书，也是儒家的重要经典。《春秋》是鲁国的编年
史，传说孔子晚年退而修订《春秋》，在"十三经"中有不一
般的地位。全书极简括地记载了周王朝、鲁国及其他诸侯国的
历史事件。由鲁隐公元年（公元前七二二年），至鲁哀公十四
年（公元前四八一年），凡二百四十二年。全书虽然记言十分
简单，类似今天报纸的新闻标题，但常隐含着孔子的政治主张
和观念，寓有批评褒贬，因此后世有"微言大义""一字褒

贬”的说法。“春秋”一语，在传统中国就几乎成为史书的代称，而且含着褒贬评价的意思。东汉时期写的《吴越春秋》，便是这样的史书，虽然笔法似小说，但清代《四库全书》收其入“史部记载类”，在古人眼中，它是历史。

陈墨在《陈墨评说金庸》书中说《射雕英雄传》除了情节曲折生动、人物个性突出和文字典雅精美之外，还有很重要的成功和产生巨大影响的原因：

> 这部小说的真正值得人们惊叹之处尚不只是以上三条，而是在这三条之上的更根本的一条，那就是：为江湖英雄作“春秋”。

陈墨的说法，基本上合乎《射雕英雄传》的特点。他分析“华山论剑”，指出华山在五岳之中，被古人喻为《春秋》，这也合理。

金庸在小说中引用这些秦汉史传文学的故事，作者往往是借用其中智慧，既表现人物的学问才识，也展现中国历史文化留下的传统智慧，而且饶有趣味，增加小说故事情节的阅读趣味。例如《射雕英雄传》第四十回，写拖雷领蒙古兵围困襄阳，危急之际：

> 郭靖道：“这安抚使可恶！不如依岳父之言，先去杀了他，再定良策。”黄蓉道：“敌军数日之内必至。这狗官杀了自不足惜，只是城中必然大乱，军无统帅，难以御敌。”郭靖皱眉道：“果真如此，这可怎生是好？”黄蓉沉

吟道："左传上载得有个故事，叫做'弦高犒师'，咱们或可学上一学。"郭靖喜道："蓉儿，读书真是妙用不尽。那是什么故事，你快说给我听。咱们能学么？"黄蓉道："学是能学，就是须借你身子一用。"郭靖一怔，道："什么？"黄蓉不答，却格的一声笑了起来。

这里黄蓉提到的"弦高犒师"是《左传》的著名故事：

> 及滑，郑商人弦高将市于周，遇之。以乘韦先，牛十二犒师，曰："寡君闻吾子将步师出于敝邑，敢犒从者，不腆敝邑，为从者之淹，居则具一日之积，行则备一夕之卫。"且使遽告于郑。郑穆公使视客馆，则束载、厉兵、秣马矣。使皇武子辞焉，曰："吾子淹久于敝邑，唯是脯资饩牵竭矣。为吾子之将行也，郑之有原圃，犹秦之有具囿也。吾子取其麋鹿以闲敝邑，若何？"杞子奔齐，逢孙、扬孙奔宋。孟明曰："郑有备矣，不可冀也。攻之不克，围之不继，吾其还也。"灭滑而还。

这故事见于《左传》僖公三十三年，郭靖和黄蓉最后没有因这计策解了被蒙古兵困之围，但这种由古人身上学到的智慧，用于书中人物和故事，是金庸小说中人物经常有的。《神雕侠侣》第十二回出现的"上驷""下驷"之计，就是见于《史记·孙子吴起列传》。

黄蓉向身旁众人低声道："咱们胜定啦。"郭靖道：

"怎么？"黄蓉低声道："今以君之下驷，与彼上驷……"她说了这两句，目视朱子柳。朱子柳笑着接下去，低声道："取君上驷，与彼中驷；取君中驷，与彼下驷。既驰三辈毕，而田忌一不胜而再胜，卒得王千金。"郭靖瞠目而视，不懂他们说些什么。

黄蓉在他耳边悄声道："你精通兵法，怎忘了兵法老祖宗孙膑的妙策？"郭靖登时想起少年时读"武穆遗书"，黄蓉曾跟他说过这个故事：齐国大将田忌与齐王赛马，打赌千金，孙膑教了田忌一个必胜之法，以下等马与齐王的上等马赛，以上等马与齐王的中等马赛，以中等马与齐王的下等马赛，结果二胜一负，赢了千金。现下黄蓉自是师此故智了。

除了这"上驷""下驷"之计，《神雕侠侣》还多次用上史传或笔记故事，例如第十七回《绝情幽谷》，杨过初见公孙绿萼，就以"烽火戏诸侯"的故事来逗她。此外，第十回写杨过为守对洪七公的信约，宁愿挨饿受冻，甚至丢掉性命：

到第三日上，洪七公仍与两日前一般僵卧不动，杨过越看越是疑心，暗想："他明明已经死了，我偏守着不走，也太傻了。再饿得半日，也不用这五个丑家伙动手，只怕我自己就饿死了。"抓起山石上的雪块，吞了几团，肚中空虚之感稍见缓和，心想："我对父母不能尽孝，对姑姑不起，又无兄弟姊妹，连好朋友也无一个，'义气'二字，休要提起。这个'信'字，好歹要守他一守。"又想："郭伯母当年和我讲书，说道古时尾生与女子相约，候于桥下，女子未至而洪水大涨，尾生不肯失约，抱桥柱而死，自后此人名扬百世。我杨过遭受世人轻贱，若不守此约，更加不齿于人，纵然由此而死，也要守足三日。"

事实上，作为叙事文学的武侠小说，在许多方面，直接间接都受到中国传统史传文学的影响，即如小说的书名，都有痕迹可见，例如金庸封笔之作《鹿鼎记》，鹿鼎两字，都是中国史传书写的重要意象和概念，也就是争逐天下的意思。"逐鹿""问鼎"这些词语和概念，都是出自先秦两汉等史传文学，如《左传》《史记》和《汉书》之中，金庸在书中的第一回，就已借吕留良之口，清楚点明了小说的题旨。

除了故事的直接引用，有些金庸小说的故事情节，明显是沿自，或者取灵感自史传文学故事，比较明显的是《倚天屠龙记》中范遥为了追查成昆下落，委身在汝阳王府为下人，而且自毁容貌，扮成哑巴：

我想若是乔装改扮，只能瞒得一时，我当年和杨兄齐名，江湖上知道"逍遥二仙"的人着实不少，日子久了，必定露出马脚，于是一咬牙便毁了自己容貌，扮作个带发头陀，更用药物染了头发，投到了西域花剌子模国去。

（第二十六回）

这样的忍辱负重和巨大牺牲的做法，深深感动明教众人，当然也打动读者，不过这是有所本的，出自中国一个非常著名的"豫让吞炭"的故事。

> 豫让者，晋人也，故尝事范氏及中行氏，而无所知
> 名。去而事智伯，智伯甚尊宠之。及智伯伐赵襄子，赵襄
> 子与韩、魏合谋灭智伯，灭智伯之后而三分其地。赵襄子
> 最怨智伯，漆其头以为饮器。豫让遁逃山中，曰："嗟
> 乎！士为知己者死，女为说己者容。今智伯知我，我必为
> 报仇而死，以报智伯，则吾魂魄不愧矣。"乃变名姓为刑
> 人，入宫涂厕，中挟匕首，欲以刺襄子……居顷之，豫让
> 又漆身为厉，吞炭为哑，使形状不可知，行乞于市。其妻
> 不识也……豫让曰："既已委质臣事人，而求杀之，是怀
> 二心以事其君也。且吾所为者极难耳！然所以为此者，将
> 以愧天下后世之为人臣怀二心以事其君者也。"……豫让
> 曰："臣事范、中行氏，范、中行氏皆众人遇我，我故众
> 人报之。至于智伯，国士遇我，我故国士报之。"

这是《史记》名篇，"国士遇我，国士报之"，更加是中
国读书人的共同意气。考《史记》之作，作者司马迁不但不
见用于当时君主汉武帝，而且因李陵事件而惨遭"宫刑"，所
以《史记》一书，尽是他自浇块垒，抒发抑愤之作。"士为知
己者死""国士报之"这种肝胆相照的渴望与追求，金庸移入
自己的小说之中，成为一段精彩的情节。《史记》是中国史传
文学之精品，金庸引用自然较多。例如《书剑恩仇录》，陈家
洛初见乾隆，就说过因为读了《史记・游侠列传》，生平最佩
服英雄侠士。另一部引用得较多史传散文故事的金庸小说是

《天龙八部》，包括第十回写到本相大师以为鸠摩智是要效法吴季札挂剑墓上，是为了要兑现许给慕容博的承诺。这"季札挂剑"的故事也是来自《史记·吴太伯世家》，是历史上歌颂肝胆相照、言出必诺的著名故事：

> 季札之初使，北过徐君。徐君好季札之剑，口弗敢言。季札心知之，为使上国，未献。还至徐，徐君已死，于是乃解其宝剑，系之徐君冢树而去。从者曰："徐君已死，尚谁予乎？"季子曰："不然。始吾心已许之，岂以死倍吾心哉！"

到了第三十回，李傀儡演项羽和虞姬垓下之围的故事，也是出自《史记·项羽本纪》的家喻户晓情节，而儒生说的"宋襄之仁"就出自《左传》。第四十回，包不同和公冶干谈到大燕的复国，正需要结纳一些强力的政治外援，就像当年秦穆公帮助出亡于外的晋公子重耳，最后成就晋文公一代霸业的故事。这是"秦晋之好"的故事，也是出自《史记》的《秦本纪》和《晋世家》的著名故事，"秦晋之好"亦成为中国后世广为流传的成语。

除了《左传》和《史记》，金庸也偶有用上其他叙事史传的作品。《飞狐外传》第十七章，写福康安不存好心，想用二十四只御杯令天下武林人士，争夺和排等次，胡斐和程灵素都知道这是"二桃杀三士"的奸计：

> 胡斐听了福康安的一番说话，又想起袁紫衣日前所述

他召开这天下掌门人大会的用意，心道："初时我还道他只是延揽天下英雄豪杰，收为己用，哪知他的用意更要毒辣得多。他是存心挑起武林中各门派的纷争，要天下武学之士，只为了一点儿虚名，便自相残杀……"正想到这里，只见程灵素伸出食指，沾了一点茶水，在桌上写了个"二"，又写了个"桃"字，写后随即用手指抹去。胡斐点了点头，这"二桃杀三士"的故事，他是曾听人说过的，心道："古时晏婴使'二桃杀三士'的奇计，只用两枚桃子，便使三个桀骜不驯的勇士自杀而死。今日福康安要学矮子晏婴。只不过他气魄大得多，要以二十四只杯子，害尽了天下武人。"他环顾四周，只见少壮的武人大都兴高采烈，急欲一显身手，但也有少数中年和老年的掌门人露出不以为然的神色，显是也想到了争杯之事，后患大是不小。

"二桃杀三士"也是中国有名的故事，原文见于《晏子春秋》的《内篇·谏下》篇。《晏子春秋》一书，主要记载春秋时期，齐国著名丞相晏婴一生的言行活动，今天普遍认为大约成书于战国时期，作者是谁，仍然待考。书中有不少有趣而流传广远的故事，"二桃杀三士"就是其中之一：

　　公孙接、田开疆、古冶子事景公，以勇力搏虎闻。晏子过而趋，三子者不起。

　　晏子入见公曰："臣闻明君之蓄勇力之士也，上有君臣之义，下有长率之伦，内可以禁暴，外可以威敌，上利其功，下服其勇，故尊其位，重其禄。今君之蓄勇力之士也，上无君臣之义，下无长率之伦，内不以禁暴，外不可威敌，此危国之器也，不若去之。"

公曰："三子者，搏之恐不得，刺之恐不中也。"

晏子曰："此皆力攻勍敌之人也，无长幼之礼。"因请公使人少馈之二桃，曰："三子何不计功而食桃？"

公孙接仰天而叹曰："晏子，智人也！夫使公之计吾功者，不受桃，是无勇也，士众而桃寡，何不计功而食桃矣。接一搏猏而再搏乳虎，若接之功，可以食桃而无与人同矣。"

最后公孙接三人真的为这二桃而死，而"二桃杀三士"也成为后世成语，一面写出用权谋杀人，另一方面也常指人因争功夺利而互相残杀而不自知。所以诸葛亮的《梁父吟》也说"一朝被谗言，二桃杀三士"；李白《畏谗》诗则说"二桃杀三士，讵假剑如霜"。

关于金庸小说对史传文学的承袭采用，除了故事材料，其实更值得重视的是"史传"的叙事传统的影响，这在本书下卷部分会再论及。

第六章　小说与戏曲

金庸喜欢看戏，资料很多。二○○七年，凤凰卫视中文台的《鲁豫有约》访问金庸。他回忆二十世纪四十年代当记者的日子，就说过很喜欢看京戏，当时的钱都花在看京戏上。《三剑楼随笔》中，金庸有一篇《看三台京戏》，可知他不但喜欢看，也懂得看，而且关心当时香港京戏演出的情况。这一年，《明报月刊》也因为创刊四十周年，出版了《金庸散文》一书作为纪念，其中有"看戏"的一章，刊录了数篇有关金庸看京戏的文章。金庸喜欢看戏，也懂戏，很明显。而且他作为小说家，不是只欣赏唱造程式，对戏本故事，特别是人物形象的感染力，都非常重视，所以他在这一章前面说："这些戏中我最喜欢'空城计'。因为其余的戏大都把他演成一个'超人'，有着近于不可思议的智慧。但在'空城计'中，诸葛亮却是一个内心冲突极为强烈，有血有肉的人物。"简单几句话，看出金庸对戏曲故事剧本和人物塑造，都有要求，不是一般观众。而对人物角色，要有"内心冲突，有血有肉"，在他的小说中，也成为明显的艺术特征。

这种喜欢，亦明显在他的作品里反映出来。一九五四年十二月他写了三篇有关梁山伯与祝英台的文章，表达他对这出戏和故事的喜爱，其中谈道："在我们故乡，就叫这种蝴蝶作

'梁山伯、祝英台'。这种蝴蝶雌雄之间的感情真是好到不能再好的地步，小孩子如果捉住了一只，另外一只一定在他手边绕来绕去，无论怎样也赶它不走。"这童年记忆，却在他后来写《连城诀》，用在狄云和戚芳的爱情故事中，而且充满着暗示：

> 狄云随手从针线篮中拿起一本旧书，书的封面上写着"唐诗选辑"四个字。他和戚芳都识字不多，谁也不会去读什么唐诗，那是戚芳用来夹鞋样、绣花样的。他随手翻开书本，拿出两张纸样来。那是一对蝴蝶，是戚芳剪来做绣花样的。他心里清清楚楚地涌现了那时的情景。
>
> 一对黄黑相间的大蝴蝶飞到了山洞口，一会儿飞到东，一会儿飞到西，但两只蝴蝶始终不分开。戚芳叫了起来："梁山伯，祝英台！梁山伯，祝英台！"湘西一带的人管这种彩色大蝴蝶叫"梁山伯，祝英台"。这种蝴蝶定是雌雄一对，双宿双飞。
>
> 狄云正在打草鞋，这对蝴蝶飞到他身旁，他举起半只草鞋，拍的一下，就将一只蝴蝶打死了。戚芳"啊"的一声叫了起来，怒道："你……你干什么？"狄云见她忽然发怒，不由得手足无措，嗫嚅道："你喜欢……蝴蝶，我……我打来给你。"
>
> 死蝴蝶掉在地下，一动也不动了，那只没死的却绕着死蝶，不住地盘旋飞动。
>
> 戚芳道："你瞧，这么作孽！人家好好一对夫妻，你活生生把它们拆散了。"（第九回）

　　狄云在小说中发现《唐诗选辑》之后打死蝴蝶，拆散了"人家一对好好夫妻"，自己后来也因为这部书受尽陷害。这里引用"梁祝"，不是简单的情节过场，而是金庸刻意描画的爱情带来的伤害和悲痛，所以他不但把这回的回目就定为"梁山伯、祝英台"，更刻意借狄云的回忆，重复这种"声音"：

　　　　狄云拿着那对做绣花样子的纸蝶，耳中隐隐约约似乎听到戚芳的声音："你瞧，这么作孽！人家好好一对夫妻，你活生生把它们拆散了。"

　　从现代文学的角度看，中国文学中成熟完整的小说和戏剧（曲）都属于晚出。小说要到唐代传奇才有较鲜明的作者艺术创作意图，戏剧则更要到宋元杂剧才出现大批完整而成熟的作品，都是唐诗已经兴盛了二三百年之后的事。

　　除了喜欢戏曲，传统小说作为小说体裁，对金庸的影响当然更明显更巨大。金庸在《侠客行》书后的《三十三剑客图》介绍文字，清楚说过："我很喜欢读旧小说，也喜欢小说中的插图。"金庸小说受传统小说影响和启发，这很容易可以看出来。他在创作过程甚至直接道出来。像在《射雕英雄传》的开场，他就很有意识地引入传统小说作引子，《后记》透露：

　　　　修订时曾作了不少改动。删去了一些与故事或人物并无必要联系的情节，如小红鸟、蛙蛤大战、铁掌帮行凶等等，除去了秦南琴这个人物，将她与穆念慈合而为一。也加上一些新的情节，如开场时张十五说书、曲灵风盗画、黄蓉迫人抬轿与长岭遇雨、黄裳撰作"九阴真经"的经过等等。我国传统小说发源于说书，以说书作为引子，以示不忘本源之意。（《射雕英雄传·后记》）

中国古代小说与戏剧本来就是同源异流，有很密切的关系。小说和戏曲在古代文学中概念较含混，而且常常互为指涉，同一种故事题材，可以写成小说，也可以写成戏剧，甚至有以"无声戏"来称小说作品。在一些古典小说中，已经出现夹入许多戏文的写法，且有其独特而重要的艺术作用。其中《红楼梦》是代表作品，小说中戏文的出现，很值得注意。钟爱而深受《红楼梦》影响的著名作家白先勇曾说：

此外，《红楼梦》的情节经常提及看戏场景。《红楼梦》运用诗词、戏曲，即现在所说文本互涉（Intertextuality），以戏曲点题。这部小说有两条线，第一个重要主题为贾府兴衰，并由贾府兴衰讲人世间的枯荣无常。第二条线则讲述人的命运。而人的命运是最神秘，且自己不可知的。如小说第五回说的即是人物的命运。《红楼梦》故事动人、思想伟大、人物塑造灵活，而我的疑问是：小说如何表现伟大的思想感情呢？手法之一便是用戏曲点题。①

---

① 原文为白先勇于 2019 年 6 月 14 日于台大总图书馆的演讲。见《戏中戏：〈红楼梦〉中戏曲的点题作用》，收于台北《文讯》杂志 2019 年 9 月号，第 172 页。

白先勇分析曹雪芹怎样利用"戏曲点题"，书中出现的戏文，既有助表达人物，也暗示书写了小说中的主题情思，可以说是中国古典文学中，这种"文本互涉"的精彩示范。

叙事性文学在中国文学中有自己独特的发展轨迹，相对于前数章谈到的诗文，金庸小说中出现的小说和戏曲的情节，数目较少，应用层面也较狭窄。直接引用虽少，但作为小说类别，金庸武侠小说中的古典小说与戏曲影响，许多时是写法技巧和思想情感上，而不纯是直接的采用，例如上文提到的"内心冲突，有血有肉"。

说采用不多，但仍是可以举出很多例子的。其中《鹿鼎记》就多次写到有戏曲演出的情节。第十回《尽有狂言容数子，每从高会厕诸公》中写到康亲王陪伴吴三桂之子吴应熊过访韦小宝府邸，结交这位桂公公。席上吴应熊努力讨好韦小宝：

> 又饮了一会，王府戏班子出来献技。康亲王要吴应熊点戏。吴应熊点了出"满床笏"，那是郭子仪做寿，七子八婿上寿的热闹戏。郭子仪大富贵亦寿考，以功名令终，君臣十分相得。吴应熊点这出戏，既可说祝贺康亲王，也是为他爹爹吴三桂自况，颇为得体。
>
> 康亲王待他点罢，将戏牌子递给韦小宝，道："桂兄弟，你也点一出。"韦小宝不识得戏牌上的字，笑道："我可不会点了，王爷，你代我点一出，要打得结棍的武戏。"康亲王笑道："小兄弟爱看武戏，嗯，咱们来一出少年英雄打败大人的戏，就像小兄弟擒住鳌拜一样。是

了，咱们演'白水滩'，小英雄十一郎，只打得青面虎落花流水。""满床笏"和"白水滩"演罢，第三出是"游园惊梦"。两个旦角啊啊啊的唱个不休，韦小宝听得不知所云，不耐烦起来，便走下席去。

　　两人点戏，虽是简单情节，都配合人物形象性格，吴应熊出身公侯之家，周全得体；韦小宝是市井流氓，只喜欢看打架翻筋斗的表演，对戏曲史上瑰宝《游园惊梦》毫不感兴趣，更不懂欣赏，都合理适当，也有助表现人物。所以后来韦小宝赌钱感到无趣（因为他知人家在故意输钱），又回到席上，吃菜听戏。听到《思凡》："一个尼姑又做又唱，旁边的人又不住叫好，韦小宝不知她在捣什么鬼，大感气闷，又站起身来。"（第十回）

　　此外，如第三十四回，陈近南在风雨交加的江上，听到吴六奇唱出一段《桃花扇·沉江》："风雨声中，忽听得吴六奇放开喉咙唱起曲来：'走江边，满腔愤恨向谁言？老泪风吹，孤城一片，望救目穿，使尽残兵血战。跳出重围，故国悲恋，谁知歌罢剩空筵。长江一线，吴头楚尾路三千，尽归别姓，雨翻云变。寒涛东卷，万事付空烟。精魂显大招，声逐海天远。'"既合眼前情景，也展现了吴六奇的忠贞刚烈，一样起着塑造人物形象的作用。

　　韦小宝喜欢看戏文，书中常写到他在戏文学来的"招数"，连康熙骂建宁公主时也说："你不肯，跟小桂子一般的没学问，就净知道戏文里的故事。"（第三十八回）但是这些"招数"却成为他的"大智慧"，例如在王屋山上收买人心，是学《卧龙吊孝》的诸葛亮；提拿到吴应熊时，又说要他回去在康熙面前演《金玉奴棒打薄情郎》。这种戏文中来的智慧对不学无术的韦小宝是重要的人生技巧，第四十二回写康熙正为群臣不愿征讨吴三桂而气闷，小说中写了一段：

> 韦小宝道："皇上英断。奴才看戏文'群英会'，周瑜和鲁肃对孙权说道，我们做臣子好投降曹操，主公却投降不得。咱们今日也是一般，他们王公大臣好跟吴三桂讲和，皇上却万万不能讲和。"康熙大喜，在桌上一拍，走下座来，说道："小桂子，你如早来得一天，将这番道理跟众大臣分说分说，他们便不敢劝我讲和了。哼，他们投降了吴三桂，一样的做尚书将军，又吃什么亏了？"心想韦小宝虽然不学无术，却不似众大臣存了私心，只为自身打算，拉着他手，走到一张大桌之前。

这一段，韦小宝大得康熙欣赏，至"拉着他手"，共商征讨吴三桂的部署。固然因为韦小宝对康熙有真正的忠心，但从戏文学来的智慧（当然这在正统史书，如《资治通鉴》等，也有记载），却确实道出了康熙的处境和无可奈何。又如第四十六回以言词钳制施琅，也是因他看过伍子胥的戏文故事，抓住施琅在祭文中自比伍子胥，借诅咒要亲眼看着吴国灭亡的关目，大做文章，令施琅最终就范。伍子胥的故事，在《越女剑》也曾写到，金庸引用这些故事，巧妙配合和推动故事情节，描绘人物处境和性格，都是相当成功的。

韦小宝这种由小说和戏文学习回来的人生智慧，他自己也相信，连作者金庸也"跳出来"表明同意。书中第三十六回的结尾写道：

> 其时天气和暖，韦小宝胯下骏马，于两队哥萨克骑兵拥卫之下，在西伯利亚大草原上向东疾驰，和风拂面，蹄声盈耳，左顾俏丫头双儿雪肤樱唇，右盼罗刹国使臣碧眼黄须，貂皮财物，满载相随，当真意气风发之至，心想："这次死里逃生，不但保了小命，还帮罗刹公主立了一场大功，全靠老子平日听得书多，看得戏多。"
>
> 中国立国数千年，争夺帝皇权位、造反斫杀，经验之丰，举世无与伦比。韦小宝所知者只是民间流传的一些皮毛，却已足以扬威异域，居然助人谋朝篡位，安邦定国。其实此事说来亦不稀奇……行军打仗的种种谋略，主要从一部《三国演义》中得来。当年清太宗使反间计，骗得崇祯皇帝自毁长城，杀了大将袁崇焕，就是抄袭《三国演义》中周瑜使计、令曹操斩了自己水军都督的故事。实则周瑜骗得曹操杀水军都督，历史上并无其事，乃是出于小说家杜撰，不料小说家言，后来竟尔成为事实，关涉中国数百年气运，世事之奇，那更胜于小说了。满人入关后开疆拓土，使中国版图几为明朝之三倍，远胜于汉唐全盛之时，余荫直至今日，小说、戏剧、说书之功，亦殊不可没。

除了《鹿鼎记》，金庸其他小说中也有写到唱戏看戏之类的情节，例如《书剑恩仇录》第十回，写乾隆初见名妓玉如意，就是听她唱曲：

> 待众人游船围着玉如意花舫时，只见她启朱唇、发皓齿，笛子声中，唱了起来："望平康，凤城东，千门绿杨。一路紫丝缰，引游郎，谁家乳燕双双？隔春波，碧烟染窗；倚晴天，红杏窥墙，一带板桥长。闲指点，茶寮酒舫，声声卖花忙。穿过了条条深巷，插一枝带露柳娇黄。"
>
> 其时正当八月中旬，湖上微有凉意，玉如意歌声缠绵婉转，曲中风暖花香，令人不饮自醉。乾隆叹道："真是才子之笔，江南风物，尽入曲里。"他知这是"桃花扇"中的"访翠"一曲，是康熙年间孔尚任所作，写侯方域访名妓李香君的故事。玉如意唱这曲时眼波流转，不住向他打量。乾隆大悦，知她唱这曲是自拟于李香君，而把他比作才子侯方域了。

金庸在《书剑恩仇录》对乾隆并无好感，只想把他写成背信弃义、风流好色的皇帝。两次见玉如意，作用都如此。不过《桃花扇》却是中国戏曲史上非常有名的作品，作者孔尚任，与写《长生殿》的洪昇，在清初并称"南洪北孔"，与元代关汉卿、马致远，明代汤显祖等曲家，同为中国千年戏曲史上的最顶尖人物。

至于书中第十六回写陈正德夫妻和陈家洛、香香公主玩削沙游戏输了，罚唱戏，带出夫妻情爱，情味又自不同，而且十分感人：

香香公主笑道："老爷子，你唱歌呢还是跳舞？"陈正德老脸羞得通红，拼命推搪。关明梅与丈夫成亲以来，不是吵嘴就是一本正经的练武，又或是共同对付敌人，从未这般开开心心地玩耍过，眼见丈夫憨态可掬，心中直乐，笑道："你老人家欺侮孩子，那可不成！"陈正德推辞不掉，只得说道："好，我来唱一段次腔，贩马记！"用小生喉咙唱了起来，唱到："我和你，少年夫妻如儿戏，还在那里哭……"不住用眼瞟着妻子。

关明梅心情欢畅，记起与丈夫初婚时的甜蜜，如不是袁士霄突然归来，他们原可终身快乐。这些年来自己从来没好好待他，常对他无理发怒，可是他对自己一往情深，有时吃醋吵嘴，那也是因爱而起，这时忽觉委屈了丈夫数十年，心里很是歉然，伸出手去轻轻握住了他手。陈正德受宠若惊，只觉眼前朦胧一片，原来泪水涌入了眼眶。关明梅见自己只露了这一点儿柔情，他便感激万分，可见以往实在对他过分冷淡，向他又是微微一笑。

这对老夫妻亲热的情形，陈家洛与香香公主都看在眼里，相视一笑。四人又玩起削沙游戏来。这次陈家洛输了，他讲梁山伯与祝英台的故事。

这一段笔调疏淡，却是十分精彩的段落，金庸处理人物和情境之间映衬对照，情节处境等高明之处，都可以见到。两老两少的玩乐，陈正德身怀绝顶武功，却是平生情场悻悻，一腔愤懑妒恨，怕妻更爱妻，可是在与两个"小朋友"玩游戏输了的时候，愿赌服输，天真地唱起戏文来。一方面写香香公主的天真可爱，也闲出一笔写这对"天山双鹰"的爱情故事，用关明梅的角度来写这多情老人，实在有趣而感人。后来陈正德力战而死，关明梅随夫自尽，这里就成了最好的铺垫。金庸小说好看和高明，往往也在这些次要人物和情节的处理，既精到又处处呼应。其中引用的《贩马记》选段，写夫妻之乐，是古典戏曲常见剧目，到今天还是在各大地方剧种经常演出，用在这里，也十分贴题。

传统戏班的人，不少会武功，也有不少勇武英雄。例如粤剧的李文茂。至于真的会演戏，又会武功的江湖人物，金庸小说中还真的写了一个，那是《天龙八部》中"函谷八友"的李傀儡。他在《天龙八部》第三十回中出场，一边和人打架，一边唱戏，唱的是《霸王别姬》，用的篇幅不少。

第七章　赋

　　赋，是中国古代重要的文学样式之一。它既是文体的名称，也是写作的方法，对中国文学的发展影响重大而深远。在《左传》里，赋是诵说的意思，因此常有"某人赋某某"的说法，而《汉书·艺文志》也说："不歌而诵谓之赋。"赋作为写作技巧的一种，主要来自《毛诗·序》的"六义"，也就是"风雅颂赋比兴"的说法，孔颖达释之为"赋比兴是诗之所用，风雅颂是诗之成形"，可见赋并不是文体。对于赋，郑玄注解为"赋之言铺，直铺陈今之政教善恶"，后来宋代朱熹在《诗集传》的解释为最多人接受和引用，就是"赋者，敷也，敷陈其事而直言之者也"，赋是直陈铺叙，是写作手法，与后世的赋的文体意思不同。

　　虽然如此，但赋这种直叙铺陈的特色，对后来出现的赋体文学却有很大影响，很容易呈现其中的关系。刘勰《文心雕龙·诠赋》篇说赋体是"铺采摛文，体物写志"。这种体物写志的特点在《诗经》中较少见，但在屈原、宋玉等人的楚辞作品中，就已经是很明显的特点。赋体的流变，在中国文学史上也经历了很长的时间，由楚辞骚赋，一直到后来的汉赋、骈赋、律赋和文赋等，其中唐宋古文运动影响下的文赋，像苏轼前后《赤壁赋》等作品，艺术水平极高，是中国文学史上难得佳作。

金庸小说中引用赋体文学的并不多，不过他笔下有两种重要而生动的武功，名字则都是取用魏晋六朝时的赋体文学，分别是《神雕侠侣》中杨过的"黯然销魂掌"和《天龙八部》中段誉的"凌波微步"。这两种武功是书中主角重要的本事，作者也用了不少笔力来描绘。

"黯然销魂掌"出自南朝江淹名作《别赋》的第一句："黯然销魂者，唯别而已矣。"段誉的"凌波微步"则出自中国文学史上鼎鼎大名的曹植《洛神赋》。

先说江淹。

江淹，曾历仕南朝宋、齐、梁三朝，少年时似乎并不得志，在《恨赋》中说"仆本恨人"，但后来官做得不小，而且颇有政绩，在梁朝时做到金紫光禄大夫，封醴陵侯。不过他在历史上的名声和地位，主要仍是因为文学的原因。他本身是诗人，成就不低，重要作品如《杂体诗三十首》历来受到很多人的注意和评论。刘熙载《艺概》说他："江文通诗，有凄凉日暮、不可如何之意，此诗之多情而人之不济也。"

诗歌之外，江淹更重要的作品是抒情小赋。《恨赋》和《别赋》都一直受到重视，其中以《别赋》最为著名，开篇先从行者和居者下笔，然后分述富贵者、剑客、游宦者、从军者和情侣等不同人物的离别情景。全篇辞采雅丽，音节美妙，佳句纷呈，如"春草碧色，春水渌波，送君南浦，伤如之何！至乃秋露如珠，秋月如圭，明月白露，光阴往来，与子之别，思心徘徊"。这是中国文学史上著名的文学段落，历来深受欣赏推崇。

这篇作品围绕着"离别"反复描绘开展，对离别予人的伤痛写得很深刻："是以别方不定，别理千名，有别必怨，有怨必盈。"谨列起首一段于下：

> 黯然销魂者，唯别而已矣！况秦、吴兮绝国，复燕、宋兮千里。或春苔兮始生，乍秋风兮暂起。是以行子肠断，百感凄恻。风萧萧而异响，云漫漫而奇色。舟凝滞于水滨，车逶迟于山侧。棹容与而讵前，马寒鸣而不息。掩金觞而谁御，横玉柱而沾轼。居人愁卧，恍若有亡。日下壁而沉彩，月上轩而飞光。见红兰之受露，望青楸之离霜。巡层楹而空掩，抚锦幕而虚凉。知离梦之踯躅，意别魂之飞扬。

起句的"黯然销魂者，唯别而已矣"乃中国文学史上千古名句，金庸撷取其意，极度强调"离别"予人的折磨和伤痛，在《神雕侠侣》，杨过乃因思念小龙女而创出"黯然销魂掌"，立意新巧灵动，又深刻展现人物的情感心理，实在高手。在书中，作者直接说出这意思：

> 杨过自和小龙女在绝情谷断肠崖前分手，不久便由神雕带着在海潮之中练功，数年之后，除了内功循序渐进之外，别的无可再练，心中整日价思念小龙女，渐渐的形销骨立，了无生趣。一日在海滨悄然良久，百无聊赖之中随意拳打脚踢，其时他内功火候已到，一出手竟具极大威力，轻轻一掌，将海滩上一只大海龟的背壳打得粉碎。他

由此深思，创出了一套完整的掌法，出手与寻常武功大异，厉害之处，全在内力，一共是一十七招……他将这套掌法定名为"黯然销魂掌"，取的是江淹"别赋"中那一句"黯然销魂者，唯别而已矣"之意。（第三十四回）

关于江淹，还有一个很有名的故事，喜欢中国文学的人都会感兴趣。在《南史》他的本传里，记载他"少以文章显，晚节才思微退"，又说他由宣城太守罢归，曾梦见张协向他讨还一匹锦，郭璞讨还一支五色笔，他醒后，从此再写不出什么好文章。这就是我们日常成语"江郎才尽"的出处。

至于金庸笔下另一种厉害武功，《天龙八部》中段誉的"凌波微步"，这种段誉经常赖以逃生的身形步法，名字出自建安时期曹子建（曹植）名作《洛神赋》的佳句。曹子建是中国文学史上鼎鼎大名的人物，其诗获得"骨气奇高，词采华茂"的评价，享誉诗史。谢灵运曾说："天下文才共一石，而子建独得八斗。"他不但是建安时期代表人物，写下许多优秀作品，而且他的诗，特别是五言诗，是影响中国诗歌发展进入唐诗的重要转折，地位非同小可。

《天龙八部》中的"凌波微步"，是逍遥派的一门极上乘的武功，它的名字出于曹植《洛神赋》："体迅飞凫，飘忽若神。凌波微步，罗袜生尘。动无常则，若危若安。进止难期，若往若还。"原意是形容洛神的体态轻盈，能浮动在水波之上。其中"体迅飞凫，飘忽若神"及"动无常则，若危若安。进止难期，若往若还"，写仙子体态步履，身影无定，正可作为这种轻功步法的注解。

文学史上的《洛神赋》，写作动机一般指受到宋玉《神女赋》的影响。历来颇多传谈，说是曹植为感念甄后而作。这首赋前面有很简短的序言："黄初三年，余朝京师，还济洛川，古人有言'斯水之神，名曰宓妃'，感宋玉对楚王神女之事，遂作斯赋。"这说明了写作时间和动机。关于曹植、曹丕和甄宓的三角恋情，向来在中国的小说戏曲爱情故事中流传甚盛，戏曲《洛神》更是家喻户晓的剧目，数百年来常在舞台搬演。

赋，是汉代的代表文学。中国文学的赋，一般包含了汉赋和魏晋及以后的抒情小赋。曹植的《洛神赋》和江淹的《别赋》，分别是建安（东汉末年）和梁朝作品，属于抒情小赋的代表作品。其他重要的作品不少，例如王粲《登楼赋》和陶渊明《感士不遇赋》，都是例子。由汉代到魏晋六朝，赋的发展，无论篇幅和写法，都改变了不少，最重要是抒情成分的大量增加，甚至取代汉代许多大赋"铺张扬厉"的写法，是中国文学的重要变化。

说到曹植，金庸小说中还引用了他另外的一首作品。《射雕英雄传》第二十二回，黄药师误信了灵智上人一伙说黄蓉死去，伤心欲绝，用玉箫击打船舷，唱出悼亡的诗歌。原文是：

> 黄药师哭了一阵，举起玉箫击打船舷，唱了起来，只听他唱道："伊上帝之降命，何修短之难哉？或华发以终年，或怀妊而逢灾。感前哀之未阕，复新殃之重来。方朝华而晚敷，比晨露而先晞。感逝者之不追，情忽忽而失

度，天盖高而无阶，怀此恨其谁诉？"拍的一声，玉箫折
为两截。黄药师头也不回，走向船头。灵智上人抢上前
去，双手一拦，冷笑道："你又哭又笑、疯疯癫癫的闹些
什么？"完颜洪烈叫道："上人，且莫……"一言未毕，
只见黄药师右手伸出，又已抓住了灵智上人颈后的那块肥
肉，转了半个圈子，将他头下脚上的倒了转来，向下掷
去，扑的一声，他一个肥肥的光脑袋已插入船板之中，直
没至肩。原来灵智上人所练武功，颈后是破绽所在，他身
形一动，欧阳锋、周伯通、黄药师等大高手立时瞧出，是
以三人一出手便都攻击他这弱点，都是一抓即中。黄药师
唱道："天长地久，人生几时？先后无觉，从尔有期。"
青影一晃，已自跃入来船，转舵扬帆去了。

《行女哀辞》是曹植为哀悼小女儿行女之死而作。他这女
儿究竟死于何时，历史上并没有记载，后世的人都只是作一些
推测。刘勰在《文心雕龙·哀吊》里提到："建安哀辞，惟伟
长差善，《行女》一篇，时有恻怛。"伟长即徐干，是建安七
子之一，如此说来，他也曾经写过一篇《行女哀辞》，而且后
来刘勰曾经亲眼得见。曹植另有一首《金瓠哀辞》，也是悼念
女儿的作品："金瓠，余之首女。虽未能言，固已援色知心
矣。生十九旬而夭折，乃作此辞。"所以在《射雕英雄传》，
金庸也曾借杨康之口解释说明：

　　杨康道："他唱的是三国时候曹子建所做的诗，那曹
子建死了女儿，做了两首哀辞。诗中说，有的人活到头发

白，有的孩子却幼小就夭折了，上帝为什么这样不公平？只恨天高没有梯阶，满心悲恨却不能上去向上帝哭诉。他最后说，我十分伤心，跟着你来的日子也不远了。"众武师都赞："小王爷是读书人，学问真好，咱们粗人哪里知晓？"（第二十二回）

《射雕英雄传》中的黄药师，虽然行事怪僻，但至情至性，是情感激越昂扬的性情中人，因此金庸常借铺张扬厉的赋体文学作品，表达描写其个性情感，特别是面对妻子早丧，与女儿相依相伴的岁月。除了上面误以为黄蓉已死所咏叹的句子，在第二十六回，当他看到女儿因郭靖说为了守诺言，要娶华筝时候的神情，心中一样悲痛欲绝：

> 但一望女儿，但见她神色凄苦，却又显然是缠绵万状、难分难舍之情，心中不禁一寒，这正是他妻子临死之时脸上的模样。黄蓉与亡母容貌本极相似，这副情状当时曾使黄药师如痴如狂，虽然时隔十五年，每日仍是如在目前，现下斗（陡）然间在女儿脸上出现，知她对郭靖已是情根深种，爱之入骨，心想这正是她父母天生任性痴情的性儿，无可化解，当下叹了一口长气，吟道："且夫天地为炉兮，造化为工！阴阳为炭兮，万物为铜！"黄蓉怔怔站着，泪珠儿缓缓地流了下来。韩宝驹一拉朱聪的衣襟，低声道："他唱些什么？"朱聪也低声道："这是汉朝一个姓贾的人做的文章，说人与万物在这世上，就如放在一只大炉子中被熬炼那么苦恼。"韩宝驹啐道："他练到

那么大的本事，还有什么苦恼？"朱聪摇头不答。

　　朱聪在这里说的"汉朝一个姓贾的人"是贾谊，是西汉初年非常有名的文学家。除了这篇《鵩鸟赋》，也写过《过秦论》等名篇。贾谊在这篇《鵩鸟赋》，以道家思想表达对生死的看法。文章虽流露强烈的看破生死的潇洒情感，但细读全篇，看得出他为怀才不遇而悲愤感伤，也为前途未卜而惆怅担忧。金庸借取其中几句，放在这里，却也相当迎合情境气氛。

　　金庸武侠小说中，选用赋体的作品入文不多，但每次多是激烈哀伤，为作品和人物角色都加强了许多情感色彩。

第八章　回目　对联　谜语

中国文字"单音独体"，在世界各民族的文字中，非常独特。这种表音表义俱存的文字，也造就了一种独有的特色，就是"对仗"。这在中国文学中有悠久的历史，刘勰《文心雕龙·丽辞》篇已说："造化赋形，支体必双，神理为用，事不孤立。夫心生文辞，运裁百虑，高下相须，自然成对。"中国诗歌的发展过程，特别是近体诗的形成，对仗和声律是最重要的两个要素。欧阳修在《新唐书》谈到近体诗的演变说："沈约庾信以音韵相婉附，属对精密，及之问、沈佺期又加靡丽，回忌声病，约句准篇，如锦绣成文。"

这是中国文学基本而又重要的美学观念，用对称的字句和语意组合而成，具有语言的对称美，增强表现力度和艺术效果，不但影响中国各体文学的形式和表达，也是世界不同民族语言中，独有的语言和艺术特色。对仗的出现，与中国传统文化思想中阴阳的二元对立概念很有关系。葛兆光说：

> 也许，这种"二元"分立的观念在中国古代诗人那里积淀太深，所以不仅语音，连意义结构与句型规范也在诗人笔下逐渐向着对称与和谐的美学原则与外形结构靠拢……汉字作为诗歌意象的视觉性、自足性及其对于语义构

成的意义。正因为汉字的这种特质，使中国诗歌的字词可以对仗，句形可以和谐。[1]

诗词之外，中国传统旧小说中的章回小说都会用上讲究对仗的回目。金庸的武侠小说却并不多用对仗作回目，这一方面，可能正是如梁羽生指他的"洋才子"特点，另一方面，与梁羽生和百剑堂主等武侠小说作家相比，金庸出众的才华和文学天分，似并不在这方面，金庸自己是知道和承认的，他在《三剑楼随笔》的《也谈对联》一文说：

> 我写《书剑恩仇录》《碧血剑》，回目全不考究，信手挥写，不去调平仄，所以称不上对联，只是一个题目而已。梁羽生兄甚称赏我"盈盈红烛三生约，霍霍青霜万里行"两句（上句写徐天宏与周绮婚事，下句写李沅芷仗剑追赶余鱼同），但比之百剑堂主的每回皆工，那是颇为不及了。

对于写旧诗词，金庸自知而且向来谦虚，即使到了最后一次修订作品，他在二〇〇三年七月修订《倚天屠龙记》后，仍然说：

> 本书的回目是模仿柏梁体一韵到底的七言诗四十句，

---

[1]　葛兆光：《汉字的魔方：中国古典诗歌语言学的札记》，中华书局（香港）有限公司，1989 年，第 141 页。

古体诗的平仄与近体诗不同，不可入律。我不擅诗词，古体诗写起来加倍困难，就当作是一次对诗词的学习了。困难之点在于没有"古气"。

梁羽生写《金庸梁羽生合论》时就说此非金庸所长：

> 金庸很少用回目，《书剑》中他每一回用七字句似是"联语"的"回目"，看得出他是以上一回与下一回作对的。偶而有一两联过得去，但大体说来，经常是连平仄也不合的。就以《书剑》第一二回凑成的回目为例，"古道骏马惊白发，险峡神驼飞翠翎"，"古道""险峡"都是仄声，已是犯了对联的基本规定了。《碧血剑》的回目更差，不举例了。大约金庸也发现作回目非其所长，《碧血剑》以后诸作，就没有再用回目，而用新式的标题。

虽然这样，除了不用"回目"而用"标题"，在金庸的全部武侠小说中，对联仍时有出现。其中《天龙八部》第四十七回，写段誉为对联填上漏去的字：

> 段誉见两条柱子上雕刻着一副对联，上联是："春沟水动茶花（　）"，下联是："夏谷（　）生荔枝红"。每一句联语中都缺了一字。转过身来，见朱丹臣已扯下另外两条柱上所包的草席，露出柱上刻着的一副对联："青裙玉（　）如相识，九（　）茶花满路开"。
> 段誉道："我一路填字到此，是祸是福，哪也不去说

他。他们在柱上包了草席，显是不想让我见到对联，咱们总之是反其道而行，且看对方到底有何计较。"当即伸手出去，但听得嗤嗤声响，已在对联的"花"字下写了个"白"字，在"谷"字下写了个"云"字，变成"春沟水动茶花白，夏谷云生荔枝红"一副完全的对联。他内力深厚，指力到处，木屑纷纷而落。钟灵拍手笑道："早知如此，你用手指在木头上划几划，就有了木屑，却不用咱们忙了这一阵子啦。"

只见他又在那边填上了缺字，口中低吟："青裙玉面如相识，九月茶花满路开。"一面摇头摆脑的吟诗，一面斜眼瞧着王语嫣。王语嫣俏脸生霞，将头转了开去。

这里的诗句对仗工整，却也不是金庸原作。"春沟水动茶花白，夏谷云生荔枝红"，出自宋代晁冲之《送惠纯上人游闽》一诗；"青裙玉面如相识，九月茶花满路开"，这也是宋代陈与义《简斋集》《初识茶花》的诗句。

金庸在《三剑楼随笔》写过《也谈对联》一文，其实可以看出他在这方面既有兴趣，也有相当的认识。金庸小说中出现的对联，许多仍是服务于作品，点缀或帮助表现人物情性或者地方环境的气氛情调。最好的例子是《射雕英雄传》第十八回，金庸借郭靖一路走来所见，来描写桃花岛的超尘绝俗，当中引用了对联：

竹林内有座竹枝搭成的凉亭，亭上横额在月光下看得分明，是"积翠亭"三字，两旁悬着副对联，正是"桃花影落飞神剑，碧海潮生按玉箫"那两句。亭中放着竹柏竹椅，全是多年之物，用得润了，月光下现出淡淡黄光。竹亭之侧并肩生着两棵大松树，枝干虬盘，只怕已是数百年的古树。苍松翠竹，清幽无比。

之前在第十回，黄蓉初见梅超风，就曾念出这副对联：

"桃花影落飞神剑，碧海潮生按玉箫"两句，是她桃花岛试剑亭中的一副对联，其中包含着黄药师的两门得意武功，凡桃花岛弟子是无人不知的。

顺带一提的是，在旧版《射雕英雄传》中，郭靖在积翠亭前，看到的这一副对联，写的原是"绮罗堆里埋神剑，箫鼓声中老客星"。金庸在后来的修订本中换成此联，原因在原诗是清初吴绮的作品，时代在《射雕英雄传》的南宋末之后，相信金庸为免再惹来时序颠倒的批评，于是自己另撰一联。比较新旧两联，从黄药师狂狷飞扬的人物性格形象来看，此一更换，似乎更为适当。只是黄药师狂傲背后的那一份孤独寂寞，不为人知的内心世界，就表达不出来，难怪吴宏一在《金庸小说中的旧诗词》中认为"新不如旧"：

桃花岛上积翠亭旁的对联，原本的"绮罗堆里埋神剑，箫鼓声中老客星"，写的是落拓情怀，有倩翠袖揾英雄泪的感慨，有金剑沉埋、壮气蒿莱的悲怆，和重在写景的"桃花影里（落）飞神剑，碧海潮生按玉箫"比起来，后者虽然和桃花岛的环境扣得更紧，但写得太飘逸了，像是描写超然物我的世外高人，而非有点落拓文士模样的东邪黄药师。因此，就这一副对联来说，不必讳言，我以为"新不如旧"。

另外如《书剑恩仇录》写乾隆的自满自大，也利用了一副他自己撰写、自比汉皇的对联：

> 陈家洛见对面壁上挂着一幅仇十洲绘的汉宫春晓图，工笔庭院，人物意态如生，旁边是乾隆所写的一副对联："企圣效王虽励志，日孜月砭只惭神"，隐然有自比汉皇之意。乾隆见他在看自己所写的字，笑问："怎样？"陈家洛道："皇上胸襟开廓，自是神武天子气象。将来大业告成，则汉驱暴秦，明逐元虏，都不及皇上德配天地、功垂万代。"乾隆听他歌功颂德，不禁怡然自得，捻须微笑，陶醉了一阵……（第十九回）

金庸似乎对乾隆无甚好感，陈家洛误信他真会恢复汉人天下，种下后来和香香公主的爱情悲剧，乾隆的可恶，令人生厌，此处表现深刻，这副对联也起了一点作用。至于像倪匡把《白马啸西风》引用了王维的"白首相知犹按剑，朱门早达笑弹冠"的一联，认为是此书的主题，就更加可见这些运用在金庸小说中的重要性了。

利用对联来展现人物才情，金庸作品中予人最深印象的当然是《射雕英雄传》第三十回《一灯大师》中，朱子柳和黄蓉对对联的一段，而且用了相当长的篇幅：

　　那书生挥扇指着一排棕榈道："风摆棕榈，千手佛摇折叠扇。"这上联既是即景，又隐然自抬身份。

　　黄蓉心道："我若单以事物相对，不含双关之义，未擅胜场。"游目四顾，只见对面平地上有一座小小寺院，庙前有一个荷塘，此时七月将尽，高山早寒，荷叶已然凋了大半，心中一动，笑道："对子是有了，只是得罪大叔，说来不便。"那书生道："但说不妨。"黄蓉道："你可不许生气。"那书生道："自然不气。"黄蓉指着他头上戴的逍遥巾道："好，我的下联是：'霜凋荷叶，独脚鬼戴逍遥巾'。"

　　这下联一说，那书生哈哈大笑，说道："妙极，妙极！不但对仗工整，而且敏捷之至。"郭靖见那莲梗撑着一片枯凋的荷叶，果然像是个独脚鬼戴了一顶逍遥巾，也不禁笑了起来。黄蓉笑道："别笑，别笑，一摔下去，咱俩可成了两个不戴逍遥巾的小鬼啦！"那书生心想："寻常对子是定然难不倒她的了，我可得出个绝对。"猛然想起少年时在塾中读书之时，老师曾说过一个绝对，数十年来无人能对得工整，说不得，只好难她一难，于是说道："我还有一联，请小姑娘对个下联：'琴瑟琵琶，八大王一般头面'。"黄蓉听了，心中大喜："琴瑟琵琶四字中共有八个王字，原是十分难对。只可惜这是一个老对，不是你自己想出来的。爹爹当年在桃花岛上闲着无事，早就对出来了。我且装作好生为难，逗他一逗。"于是皱起了眉头，作出愁眉苦脸之状。那书生见难倒了她，甚是得意，只怕黄蓉反过来问他，于是说在头里："这一联本来极难，我也对不工整。不过咱们话说在先，小姑娘既然对不出，只好请回了。"

黄蓉笑道："若说要对此对，却有何难？只是适才一联已得罪了大叔，现下这一联是一口气要得罪渔樵耕读四位，是以说不出口。"那书生不信，心道："你能对出已是千难万难，岂能同时又嘲讽我师兄弟四人？"说道："但求对得工整，取笑又有何妨？"黄蓉笑道："既然如此，我告罪在先，这下联是：'魑魅魍魉，四小鬼各自肚肠'。"

这两副对联也不是金庸自己的创作。陈志明笺注的《金庸笔下的文史典故》指出"风摆棕榈"和"琴瑟琵琶"两联都是出自《古今笑·谈资部》。[①] 虽然这些巧妙工整的对联并不是金庸原创，但在这里移用，不但恰当地配合郭、黄所遇的人物与情境，而且自然得毫无斧凿痕迹。"四小鬼"既符合原句各字的形构，又能暗指"渔樵耕读"四大弟子，实在是神来之笔。最重要是大大有助描写黄蓉的聪颖与才华，是相当恰当的移用。这些妙联巧对虽非金庸原创，但当中可见他点拨调度典故逸闻的功力，所以田晓菲称赞：

---

① 见陈志明笺注：《金庸笔下的文史典故》，东方出版社，2007 年，第172 页。

其实书生所出的考题和黄蓉的应答，以及黄蓉对《论语》的辨析、对《孟子》的驳斥，都是中国古时流传的掌故，被冯梦龙收集在《古今谭概》（又名《古今笑史》或《古今笑》）里的，但是因为问答内容"即景生情"，而且十分符合人物的个性，所以读来格外好看……几个对联、诗谜、掌故本来各不相关，现在却被嵌在一个具体的情景之中，而且如此贴切，其效果不啻于重建破碎的七宝楼台。①

后面写朱子柳的反应，整个段落很完整，也切合情境：

> 那书生大惊，站起身来，长袖一挥，向黄蓉一揖到地，说道："在下拜服。"
> 黄蓉回了一礼，笑道："若不是四位各逞心机要阻我们上山，这下联原也难想。"（第三十回）

金庸读书广博，点拨腾挪材料典故于自己小说的技巧高明睿智，这一段情节是很好的例子。这一节前面还有朱子柳以诗句出谜语，让黄蓉猜猜自己的出身，出处和上面两联一样，作用和趣味也一样：

---

① 田晓菲：《反讽的消解》，收于科罗拉多大学东亚语言文学系主编：《金庸小说与二十世纪中国文学国际学术研讨会论文集》，明河社出版有限公司（香港），第255页。

"我这里有一首诗，说的是在下出身来历，打四个字儿，你倒猜猜看。"黄蓉道："好啊，猜谜儿，这倒有趣，请念罢！"那书生捻须吟道："六经蕴藉胸中久，一剑十年磨在手……"黄蓉伸了伸舌头，说道："文武全才，可了不起！"那书生一笑接吟："杏花头上一枝横，恐泄天机莫露口。一点累累大如斗，掩却半床无所有。完名直待挂冠归，本来面目君知否？"黄蓉心道："'完名直待挂冠归，本来面目君知否？'瞧你这等模样，必是段皇爷当年朝中大臣，随他挂冠离朝，归隐山林，这又有何难猜？"便道："'六'字下面一个'一'、一个'十'，是个'辛'字。'杏'字上加横、下去'口'，是个'未'字。半个'床（牀）'字加'大'加一点，是个'状'字。'完'挂冠，是个'元'字。辛未状元，失敬失敬，原来是位辛未科的状元爷。"（第三十回）

金庸在《三剑楼随笔》也写过一篇《谈谜语》，说曾为一些影片创作过一些谜语，不过综观金庸武侠小说，这种文字游戏不算很多，或者这是受到夹入大量民间或正统诗文以外的通俗文学的影响吧！同时，在金庸的作品广受肯定的情况下，亦影响了金庸及其他武侠小说的形式，像吴宏一在《金庸小说中的旧诗词》一文所说：

古龙及六十年代以后大多数的港台武侠小说作家，通常强调的是人物的情感与个性，而非武功本身，他们通常不用联句回目，不多运用旧诗词，甚至不再注意故事与历史的结合，无朝代可记的作品多的是，而这个转变，金庸是一大关键。更明确地说，自从金庸的《射雕英雄传》等书不用旧回目，改用新形式而获得读者热烈的响应之后，后来的作者可能是避难而趋易，也可能是迎合时代的潮流，多已舍旧而用新了。

如果吴氏所言是对的，那金庸不但作品成就高，而且影响着其他小说作家的写作方法和形式，对传统小说融合现代文学表达，推动发展，产生正面的影响。回目的运用，或许正是例子。

第九章
武功　兵器　灵性动物　画眉　慧婢

　　除了文学体裁类别之外，金庸武侠小说中，还出现了不少中国文学作品中常见的文学意象人物和艺术文化精神，各有特点和值得重视的地方，着意分析，可以帮助读者对金庸小说里中国文学的理解和认识。在上卷的最后一章，撷取一些，和读者分享。

武功　兵器

　　作为武侠小说，难免出现许多对武功的描写。金庸小说中的武功，不少紧扣着中国文学或文化来设计，像《天龙八部》的"函谷八友"、《笑傲江湖》的"梅庄四友"，都将自己的武功结合琴棋书画等。另外，如《天龙八部》中，慕容复武学中的"以彼之道，还施彼身"，即朱熹解释《中庸》所提出的"以其人之道还治其人之身"的说法，原文是他解释《中庸》"道不远人。人之为道而远人，不可以为道"和"执柯以伐柯，睨而视之，犹以为远。故君子以人治人，改而止"等章句的说法：

言人执柯伐木以为柯者，彼柯长短之法，在此柯耳。然犹有彼此之别，故伐者视之犹以为远也。若以人治人，则所以为人之道，各在当人之身，初无彼此之别。故君子之治人也，即以其人之道，还治其人之身。其人能改，即止不治。（《中庸集注》第十三章）

金庸小说中，一些武功又能结合或突出人物性格形象或思想感情，都是非常独特而成功，给读者留下深刻印象。例如杨过的"黯然销魂掌"，洪七公的"打狗棒法"，张翠山的"铁划银钩"，谢逊的"狮吼功"，周伯通的"双手互搏"，黄药师的"玉箫剑法""弹指神通"，风清扬的"独孤九剑"，张三丰的"太极拳剑"，都是人物的性格特点和所使用的武功紧紧结合，例子不胜枚举。

金庸本人不精于武术，所以他在小说写到的武功，更多是从文学、文化角度来联想比附，反而很少会货真价实地从武学角度来设计。小说的武功名称与设计的由来和思考，在他回应林以亮（宋淇）提问时，让我们明白：

关于武术的书籍，我是稍微看过一些。其中有图解，也有文字说明。譬如写到关于拳术的，我也会参考一些有关拳术的书，看看那些动作，自己发挥一下。但这只是少数。大多数小说里面的招式，都是我自己想出来的。看看当时角色需要一个什么样的动作，就在成语里面，或者诗词与四书五经里面，找一个适合的句子来做那招式的名字。有时找不到适合的，就自己作四个字配上去。总之那招式的名字，必须形象化，就可以了。中国武术一般的招式，总是形象化的，就是你根据那名字，可以大致把动作想像出来。

所以金庸小说中的武功招式，常与文学或古书结合，或取材，或借其意。

兵器中最常用的是刀剑。

中国的兵器以剑为尊，有"兵器之王"之称。在金庸小说中，也出现了不少宝剑，例如《倚天屠龙记》的倚天剑，《神雕侠侣》的玄铁宝剑、君子剑、淑女剑，《书剑恩仇录》的凝碧剑，就是《鹿鼎记》中，韦小宝也有一把防身法宝玄铁匕首。《越女剑》中，更有一大段描写薛烛和勾践、范蠡谈论铸宝剑的情节。

金庸小说写到的所有宝剑中，当然以倚天剑最著名、最重要，不但和屠龙刀是小说取名的依据，在剧中，一刀一剑，贯串起全剧许多的故事情节，可以毫无疑问地说，是金庸小说中最重要和厉害的兵器。屠龙刀名字似无所本，但形象鲜明突出，甚至比起直接作为小说名字的《鸳鸯刀》，名声和艺术感染力大得多。《鸳鸯刀》中的"鸳鸯刀"，一样背负着绝世武功的秘密，不过这一部"趣中有趣曲中有曲"（陈墨语）的小说，到故事最后揭开鸳鸯刀内武功秘密时，金庸却和读者开了一个玩笑：天下最厉害的武学就是"仁者无敌"四个字。其他金庸小说中的"血刀大法"的血刀、"胡家刀法"的胡家宝刀（胡斐在《飞狐外传》结尾得苗夫人提示，取得宝刀败退田归农）等，都算不上特别强调和描写的兵器，只有倚天剑和屠龙刀，力度千钧，在各小说中最受读者重视，成为金庸小说中非常重要的"器物"。

灵性动物

武侠小说描写的是江湖草野的故事，自然出现不少"鸟兽花木"。奇禽异兽，在古代志怪笔记中亦有之，即使比金庸早出道的还珠楼主等武侠小说名家，也会在作品中写上。只是金庸武侠小说中出现的灵异动物，不单会成为小说名称的一部分，更重要的是并非孤立于作品之外，只为增加趣味而一味述异立奇，而是形象鲜明，融入故事情节和人物关系结构，有时甚至成为小说重要的"角色"，单是这一点，金庸武侠小说就比其他武侠小说胜上一筹。例如《射雕英雄传》《神雕侠侣》《白马啸西风》《雪山飞狐》《飞狐外传》和《鹿鼎记》等，都可找到例子。

各种动物中，"雕"，自然最为读者留意，因为它们与小说中的故事扣得最紧密。金庸似乎对这种动物也有所考究，曾指出：

> 神雕这种怪鸟，现实世界中是没有的。非洲马达加斯加岛有一种"象鸟"（Aepyornistitan），身高十呎余，体重一千余磅，是世上最大的鸟类，在公元一六六〇年前后绝种。象鸟腿极粗，身体太重，不能飞翔。象鸟蛋比鸵鸟蛋大六倍。我在纽约博物馆中见过象鸟蛋的化石，比一张小茶几的几面还大些。但这种鸟类相信智力一定甚低。（《神雕侠侣·后记》）

在《射雕英雄传》和《神雕侠侣》这两部小说，雕，简直就是一个角色，特别是在《神雕侠侣》中，杨过与雕称兄道弟，一起闯荡江湖，行侠仗义。《神雕侠侣》中，雌雕为雄雕殉情而死，都是令读者印象深刻的情节安排。

雕之外，中国古典小说中，勇猛将军总在胯下有骏马，金庸小说在这方面也常有照顾处理。灵驹骏马，在中国史传和小说中，常有出现，《鹿鼎记》第二十回，韦小宝就曾说："骑马的英雄可多得很，关云长骑赤兔马，秦叔宝骑黄骠马。"秦叔宝是秦琼，"秦琼卖马"是《隋唐演义》中非常著名而精彩的一回，喜欢读中国章回小说的人都认识：

> 马却不肯出门，径晓得主人要卖他的意思。马便如何晓得卖他呢？此龙驹神马，乃是灵兽，晓得才交五更。若是回家，就是三更天也鞴鞍辔、捎行李了。牵栈马出门，除非是饮水龁青，没有五更天牵他饮水的理。马把两只前腿蹬定这门槛，两只后腿倒坐将下去。若论叔宝气力，不要说这病马，就是猛虎，也拖出去了。因见那马尩瘦得紧，不忍加勇力去扯他，只是调息绵绵的唤。王小二却是狠心的人，见那马不肯出门，拿起一根门闩来，照那瘦马的后腿上，两三门闩，打得那马护疼扑地跳将出去……叔宝牵着马在市里，颠倒走了几回，问也没人问一声，对马叹道："马，你在山东捕盗时，何等精壮！怎么今日就垂头丧气到这般光景！叫我怎么怨你，我是何等的人？为少了几两店账，也弄得垂头丧气，何况于你！"（《隋唐演义》第八回）

以马衬托人物形象，秦琼英雄无敌，却遇上穷途失路的沮丧悲哀，在这荒村小店"卖马"的一节，写得淋漓尽致。这样的灵驹，在古典小说中时有出现，成为著名的情节，例如《三国演义》的"马跃檀溪"故事：

> 却说玄德撞出西门，行无数里，前有大溪，拦住去路。那檀溪阔数丈，水通襄江，其波甚紧。玄德到溪边，见不可渡，勒马再回，遥望城西尘头大起，追兵将至。玄德曰："今番死矣！"遂回马到溪边。回头看时，追兵已近。玄德着慌，纵马下溪。行不数步，马前蹄忽陷，浸湿衣袍。玄德乃加鞭大呼曰："的卢，的卢！今日妨吾！"言毕，那马忽从水中涌身而起，一跃三丈，飞上西岸。玄德如从云雾中起。（《三国演义》第三十四回）

"马跃檀溪"这情节在金庸的《神雕侠侣》也有引用到，而且借着此马，说出了"即善即恶"的正邪道理：

> 二人纵马城西，见有一条小溪横出山下。郭靖道："这条溪水虽小，却是大大有名，名叫檀溪。"杨过"啊"了一声，道："我听人说过三国故事，刘皇叔跃马过檀溪，原来这溪水便在此处。"郭靖道："刘备当年所乘之马，名叫的卢，相马者说能妨主，那知这的卢竟跃过溪水，逃脱追兵，救了刘皇叔的性命。"说到此处，不禁想起了杨过之父杨康，喟然叹道："其实世人也均与这的卢马一般，为善即善，为恶即恶，好人恶人又哪里有一定

的？分别只在心中一念之差而已。"（第二十一回）

　　他不知此马乃郭靖在蒙古大漠所得的汗血宝马，当年是小红马，此时马齿已增，算来已入暮年，但神物毕竟不同凡马，年岁虽老，仍是筋骨强壮，脚力雄健，不减壮时。（第十回）

除了《射雕英雄传》的小红马，《侠客行》开首即出现石清夫妇"乌云盖雪"和"墨蹄玉兔"两匹骏驹。金庸笔下还有两匹重要的白马，首先是《书剑恩仇录》中骆冰从韩文冲处抢来的白马，不但在书的后半部曾救陈家洛、霍青桐和香香公主三人于狼群追噬之中，到了《飞狐外传》仍然出场，而且成为重要的"角色"。故事开始，骆冰交托袁紫衣要赠送胡斐这匹白马，自此，这匹白马就贯穿全书，经常成为两人相遇相聚的凭证，最后送别的一场，仍然起着这样的作用：

　　胡斐牵过骆冰所赠的白马，快步追将上去，说道："你骑了这马去吧。你身上有伤，还是……还是……"圆性摇摇头，纵马便行。胡斐望着她的背影，那八句佛偈，在耳际心头不住盘旋。他身旁那匹白马望着圆性渐行渐远，不由得纵声悲嘶，不明白这位旧主人为什么竟不转过头来。（第二十章）

最具代表性的当然是《白马啸西风》中的白马，不但紧扣书名，而且贯穿全书，成为极其重要的首尾呼应的意象。一开场，就是描写"白马李三"夫妻骑着白马，逃避仇家的追杀，白马既神骏，又有灵性：

> 白马似乎知道这是主人的生死关头，不用催打，竟自
> 不顾性命地奋力奔跑……（李文秀）她一整日不饮不食，
> 在大沙漠的烈日下晒得口唇都焦了。白马甚有灵性，知道
> 后面追来的敌人将不利于小主人，迎着血也似红的夕阳，
> 奋力奔跑。突然之间，前足提起，长嘶一声，它嗅到了一
> 股特异的气息，嘶声中隐隐有恐怖之意。

到了书的结尾，女主角李文秀要回中原，多年之后，白马
已经老了，但当日驮着小女孩来，最后亦带她离开。可以说，
这白马虽非人类，故事的开始和结尾，金庸都借它衬托着女主
人公李文秀，从活命逃难到相伴相依，白马虽未曾发一言，但
却是整个故事中非常重要的角色：

> 白马带着她一步步地回到中原。白马已经老了，只能
> 慢慢地走，但终于是能回到中原的。

除了灵驹，金庸小说中也常出现猿猴这种动物，而且既具
灵性，也常成为推动故事重要情节的元素。中国文学中出现猿
猴，其来有自，最典型是唐代《补江总白猿传》，这是一个受
六朝志怪影响很深的短篇小说，鲁迅将之收入《唐宋传奇
集》。这唐代传奇作品的作者不详。一般认为是唐前期作品。
故事写梁朝末年欧阳纥率军南征，妻为白猿精劫走。欧阳纥率
兵入山，虽杀白猿，但妻已孕，后更生一子，状貌如猿猴。后

世研究此故事的人多认为是时人讽刺欧阳询的影射之作。

事实上，以小说攻击异己，常见于唐初，此小说即为一例。魏晋以来流传许多猿猴盗取妇女的传说，后世文学中，白猿亦常是鲜明独特的形象。像宋人话本《陈巡检梅岭失妻记》和一些明清小说中，时有出现，即一般视为《西游记》前身的《大唐三藏取经诗话》中，孙悟空曾化身为白衣秀才与唐僧相遇，后来学者多据此推测其原身是一只白猿。总之，猿猴或白猿，在中国小说中时有出现，不过一般未必如金庸笔下的善良有灵性。

金庸笔下的猿猴，在现实世界不但真实存在，而且也是中国文学作品中常见的动物。《倚天屠龙记》的张无忌，就与猿猴很有渊源。最初版写他在冰火岛原有一只"玉面火猴"，所以后来稍稍长大后的张无忌，容易与它们亲近，并在猿猴肚中得到《九阳真经》，才能成就后来绝顶武功。书中写他和猿猴相处的情节，除了得到武功秘笈之外，也塑造描画了张无忌宅心仁厚的性格。他困在山谷，每天采果子吃，还采给朱长龄让他不致饿死，看见羊儿柔顺可爱，宁愿放弃美食，不愿伤害。为小猴接骨伤，引来大白猴也来求治，张无忌慈悲仁厚，为它剖腹医治，结果因缘际会取得《九阳真经》，无论是人或猴，情节都服务于角色性格。这只白猴在金庸笔下很有灵性：

> 略一沉思，举起一块岩石，奋力掷在另一块岩石之上，从碎石中拣了一片有锋锐棱角的，慢慢割开白猿肚腹上缝补过之处。那白猿年纪已是极老，颇具灵性，知道张无忌给它治病，虽然腹上剧痛，竟强行忍住，一动也不

动。（第十六回）

在其他金庸小说中，灵猴不但出现，而且还会教导主角武功，例子是《越女剑》。书中范蠡问她谁是她剑术师父：

> 阿青睁着一双明澈的大眼，道："什么剑术？我没有师父啊。"范蠡道："你用一根竹棒戳瞎了八个坏人的眼睛，这本事就是剑术了，那是谁教你的？"……
>
> 阿青道："本来是不会的，我十三岁那年，白公公来骑羊儿玩，我不许他骑……他也拿了根竹棒来打我，我就和他对打。起初他总是打到我，我打不着他。我们天天这样打着玩，近来我总是打到他，戳得他很痛，他可戳我不到。他也不大来跟我玩了。"
>
> 突然之间，颔下微微一痛，阿青已拔下了他一根胡子，只听得她在格格娇笑，蓦地里笑声中断，听得她喝道："你又来了！"
>
> 绿影闪动，阿青已激射而出，只见一团绿影、一团白影已迅捷无伦地缠斗在一起。范蠡大喜："白公公到了！"眼见两人斗得一会，身法渐渐缓了下来，他忍不住"啊"的一声叫了出来。和阿青相斗的竟然不是人，而是一头白猿。

不过，这不是金庸原创的情节，白猿教越女剑术，在《吴越春秋》里已有记载：

> 处女将北见于王，道逢一翁，自称曰袁公。问于处

女："吾闻子善剑，愿一见之。"女曰："妾不敢有所隐，惟公试之。"于是袁公即杖箖箊竹，竹枝上颉，桥未堕地，女即捷末。袁公操其本而刺处女。处女应即入之，三入，因举杖击袁公。袁公则飞上树，变为白猿。遂别去。（《勾践阴谋外传》勾践十三年）

另外，《碧血剑》中，袁承志用武功制服了两头猩猩，成为好朋友，还给它们改名作"大威"和"小乖"，非常亲近。两头猩猩也是一样极具灵性，到了书的第十九回，袁承志与众人回到华山，还是靠它们指点提醒，才能避过劫难和救回青青。

画眉　慧婢

金庸小说的男主角多是有艳福之人，除了会有许多佳人青睐心许，亦有如陈家洛和萧峰般痛失爱侣，但大多数到最后都能得到美满良缘。其中写"画眉之乐"和一些慧婢，都是中国文学常见，而又独特于其他国家的文学，本书既是谈金庸小说的中国文学，补一笔，让读者细品金庸小说中更多的中国文学情味。

《倚天屠龙记》的结尾写得很好：

赵敏见张无忌写完给杨逍的书信，手中毛笔尚未放下，神色间颇是不乐，便道："无忌哥哥，你曾答允我做三件事，第一件是替我借屠龙刀，第二件是当日在濠州不得与周姊姊成礼，这两件你已经做了。还有第三件事呢，你可不能言而无信。"张无忌吃了一惊，道："你……你……你又有什么古灵精怪的事要我做……"赵敏嫣然一笑，说道："我的眉毛太淡，你给我画一画。这可不违反武林中侠义之道罢？"张无忌提起笔来，笑道："从今而后，我天天给你画眉。"

忽听得窗外有人格格轻笑，说道："无忌哥哥，你可也曾答允了我做一件事啊。"正是周芷若的声音。张无忌凝神写信，竟不知她何时来到窗外。窗子缓缓推开，周芷若一张俏脸似笑非笑的现在烛光之下。张无忌惊道："你……你又要叫我作什么了？"周芷若微笑道："这时候我还想不到。哪一日你要和赵家妹子拜堂成亲，只怕我便想到了。"张无忌回头向赵敏瞧了一眼，又回头向周芷若瞧了一眼，霎时之间百感交集，也不知是喜是忧，手一颤，一枝笔掉在桌上。（第四十回）

画眉是古代情侣或夫妻的恩爱表现，典故出自《汉书》卷七十六中记载张敞的韵事：

敞为京兆，朝廷每有大议，引古今，处便宜，公卿皆服，天子数从之。然敞无威仪，时罢朝会，过走马章台街，使御吏驱，自以便面拊马。又为妇画眉，长安中传张京兆眉怃。有司以奏敞。上问之，对曰："臣闻闺房之内，夫妇之私，有过于画眉者。"上爱其能，弗备责也。然终不得大位。

自此之后，画眉就是夫妻恩爱，丈夫体贴爱惜妻子的象征，是中国文学中常用的典故。例如唐诗宋词中多见引用：

> 洞房昨夜停红烛，待晓堂前拜舅姑。妆罢低声问夫婿，画眉深浅入时无？（唐代朱庆余《近试上张水部》）凤髻金泥带，龙纹玉掌梳。走来窗下笑相扶，爱道画眉深浅入时无。（宋代欧阳修《南歌子》）

不独诗词，即在小说也会提及，以比喻夫妻恩爱情深。像《醒世恒言》卷十五《赫大卿遗恨鸳鸯绦》，就有："假如张敞画眉，相如病渴，虽为儒者所讥，然夫妇之情，人伦之本，此谓之正色。"金庸把"画眉"作赵敏要张无忌做的"第三件事"，真是情味俱佳，令这段饱经劫难，最后修成正果，远离斗争仇杀的美好姻缘，点染得更加动人。比起《鹿鼎记》第二十回中，神龙教主洪安通与夫人调笑掉书袋，嚷着要为她画眉，不可同日而语。

至于丫环婢女，是中国文学作品，特别是小说戏剧中比较特别的人物形象类型。相比于西方小说和戏剧，只有中国文学中，出现了许多成功而令人印象深刻的婢女艺术形象。其中《西厢记》里的红娘，不但是中国戏曲史上成功的艺术形象，甚至成为中国文化的共同概念，融入生活语言，成为"媒人"的代词。早有学者指出过这种分别：

> 在西欧戏剧中，即使是在莎士比亚的戏剧里，包括婢女在内的家人仆役，扮演的往往只是个情节性人物，他们

或穿针引线，或插科打诨，在戏剧的矛盾冲突既不占重要地位，在人格上也往往被戏谑嘲弄。也就是说，他们只是戏剧的调味品和润滑剂，承担的仅仅是调节、平衡戏剧气氛的平庸角色而已。①

这种重要的婢女角色，在后来的白话小说中，得到更多的发挥，其中最成功、最具艺术感染力的，当然首推曹雪芹的《红楼梦》。

《红楼梦》一书中，婢女如袭人、晴雯、紫鹃等，无一不是聪颖灵巧、善解人意的可爱角色，而且对主人忠心而体贴，主人喜欢她们，读者也一样喜欢她们。另外，如《侠客行》的侍剑，也是这类形象，特别值得注意的是《书剑恩仇录》中，陈家洛回老家的一段情节，写他重遇昔日的婢女，感觉就与《红楼梦》非常接近。金庸自己曾坦言这段处理方法抄自《红楼梦》，金庸自小生在富贵家庭，家中本就有婢仆服侍，他与他们一起生活，甚至有些一起长大，因此关系十分亲近。他自说《连城诀》的故事是小时听家中长工的亲身遭遇而启发，封笔多年，在二十一世纪执笔写的自传式短篇小说《月云》，广受注意，惹来很多讨论，说的正是小时家中的丫环——月云。可见他与家中下人，关系亲近，与婢女丫环的情感更是独特深厚，所以笔下写来自是不同。

在金庸小说中，我们见到不少这种"慧婢"，而且往往与男主角产生深厚的感情，甚或是爱情，像阿朱就成为乔峰一生

---

① 奚海：《元杂剧论》，河北教育出版社，2003年，第251页。

的最爱。其中最具代表性，当推《倚天屠龙记》的小昭和《鹿鼎记》的双儿。她们不但是重要的人物角色，关系重要的情节，而且与主角张无忌和韦小宝都有深厚情感，是他们心中至为疼爱和珍惜的人物。金庸在一九七七年为《倚天屠龙记》写的《后记》说："我自己心中，最爱小昭。只可惜不能让她跟张无忌在一起，想起来常常有些惆怅。所以这部书中的爱情故事是不大美丽的，虽然，现实性可能更加强些。"至于双儿，一样温驯、忠诚与纯洁，倪匡评点金庸小说人物时，说她是最好的老婆，是"上上人物"。

　　这些婢女角色，都有共通的地方，就是善良纯洁，多情而处处体谅念惜着主人，但又从来不会抢先争风，默默地爱念和守护自己的意中人，想像着一份得不到的爱。金庸多次流露自己对笔下这类人物的喜欢，所以到了二○○三年，新版《飞狐外传》的《后记》中，他除了说很喜欢程灵素，还指出她的可爱是："不在于她身上的现实主义，而在于她浪漫的、深厚的感情，每次写到她，我都流眼泪的，像对郭襄、程英、阿碧、小昭一样，我都爱她们，但愿读者也爱她们。"这些都是善良、多情，在小说中没有与男主角成就美眷，却营造了美丽情感、浪漫联想的可爱女性。或者这样，更容易让我们通过小说，明白金庸的情感世界之所向往，也或许因为这样，他改写《侠客行》的时候，侍剑就没有被叮当杀死。

下卷

中国文学里的金庸小说

第一章　中国文学引用

　　无论作为文学概念还是具体的文学作品类别，金庸武侠小说和中国文学，都存在一种互相阐发的关系。不管是讨论"金庸小说里的中国文学"，还是"中国文学里的金庸小说"，当中存在许多关键性的文学观念和现象，不独令我们更深刻准确地认识金庸小说，同样重要而具有意义，通过这些认识，我们亦同时可进一步了解中国文学，特别是整个二十世纪前半叶，在西方小说大批译作和创作理论东来之后，中国小说展现和形成了何种样貌。明显地，这样的探究和讨论，实际早已超出一般读者阅读金庸小说的意义和关注。但倒过来看，由研读探讨金庸小说的过程中，得到的这种理解和启示，也正好说明金庸小说在吸引万千读者，成为"有华人处，皆有人读金庸小说"的盛景的同时，在小说史，以至整个中国文学史上，都有值得重视的地位和原因。

　　金庸武侠小说与中国文学的关系，可以分狭义和广义两方面来说明讨论。狭义的关系是指在金庸武侠小说中出现的中国文学作品，又或是借用中国文学作品来为角色或书中武功设计姓名或名称等，还有一种是金庸亲自创作的中国传统文学体裁的作品，主要是为人物角色代撰和回目名称，以上种种都是具体落实，可以从诗文典故或文字笔墨溯源探知，这是本书上卷希望处理的部分，因此引录罗列了很多例子，说明出处，也会赏析其中有助小说艺术表达的地方。金庸武侠小说与中国文学广义的关系，则比较抽象，需要分析比较，才掌握得到，也是金庸武侠小说除了好看和读者多以千万计之外，值得文学论者重视和研究的重要原因。下卷写作的重点也在这广义的关系，而其中金庸作品在中国文学史上占有相当高地位，它对中国古今（纵）和东西方（横）小说的融会和展现，艺术水平极高、影响很大。

陈平原在《中国小说叙事模式的转变》中说：

> 中国古典小说之引录大量诗词，自有其美学功能，不能一概抹煞。倘若吟诗者不得不吟，且吟得合乎人物性情禀赋，则不但不是赘疣，还有利于小说氛围的渲染与人物性格的刻画。

这里强调的是人物和这些诗词配合的作用，强调诗词文学作品的引用，可以产生的形象塑造功能。梁冬丽在《古代小说与诗词》一书中，则不只从人物形象的塑造功能着眼，而且从更广阔的美学功能，概括了诗词在传统小说里的作用：

> 小说的功能主要是讲故事，但是所有的故事都要有人物或背景，才能存在、发展。要塑造人物、描写环境、刻画场景，还要展示作者的观点与态度，这时候，诗词就显得不可缺少了，它成为重要的创作手段：以诗词描写、议论、抒情。描写的主要对象是人物、环境、场景与器物。

议论主要用来评价历史人物的是非功过或得失成败。抒情主要是以人物题诗、酬赠、唱曲的方式抒发英雄豪杰或才子佳人的内心情感。

十五本金庸武侠小说，无论是长篇、中篇或短篇，内里都或多或少包含着中国文学。这里说的包含，有时是具体文学作品的出现引用，有时是某些传统中国文学思想或艺术特点的展现，有时甚至是某些文学史上作家化为具体的小说人物，成为故事中的角色。这些中国文学的成分，有时是以整篇作品的形式出现，更多时候是部分引用。引用的方法，有时是借人物单独地展示，有时又结合着武功或人物思想性格感情而出现，有时又浸透流露在气氛环境、景物情调之中。总而言之，金庸小说中包含着浓厚的中国文学成分，而其中的呈现和流露，也是立体多方面，通过本书上卷的引录和析述，从作品的"量"以至体裁层面和运用方法，举出许多例子，读者可以清楚见到。

下卷主要从精神和意义，更多从"质"的角度，讨论金庸作品中这些中国文学特质和形式的运用与流露，再加上西方文学和新文学运动以来的发展、影响与融合。揭示这些，在金庸作品，以至中国小说史和中国文学史上，有何独特意义，展现了怎样的面貌？

从最基本的说起——金庸最重视人物。金庸在第一次修订后写的《金庸作品集新序》，劈头就说："小说是写给人看的。小说的内容是人。"金庸小说中的人名许多都是有深意的，即使是小说中人物角色的姓名或诨号，也会和中国文学或文化相关。前文指出过《天龙八部》的木婉清，婉清两字取自《诗经》和西晋诗人谢混的诗歌《游西池》。其他金庸笔下女子的名字，也常见取于古代文学，如李沅芷是《楚辞·湘夫人》的"沅有芷兮澧有兰"；《倚天屠龙记》的周芷若也很典雅，"芷若"两字，原是两种香草，即白芷和杜若的合称，见于文学作品则应最早出自《列子》："粉白黛黑，佩玉环，杂芷若以满之。"汉代司马相如的《子虚赋》也写过："其东则有蕙圃衡兰，芷若射干。"前文指出过《天龙八部》引张耒词《少年游》"看朱成碧"一句，可能是书中阿朱阿碧取名之由来，当然《论语》的《阳货》里有"恶紫之夺朱也"，后人多"以朱为正，以紫为邪"，或许金庸为角色取名，已鲜明说出其对书中人物的好恶了。金庸小说透射的文化观念意识，在这些人物名字的选择上，可清楚看到。

　　再举一些例子，如金庸小说的经典人物杨过的形象，《射雕英雄传》第四十回，郭靖和黄蓉重遇穆念慈，为杨过取名，郭靖说："我与他父亲义结金兰，只可惜没好下场，我未尽之义，实为平生恨事。但盼这孩子长大后有过必改，力行仁义，我给他取个名字叫作杨过，字改之。""名过，字改之"，是金庸借用南宋著名的爱国词人刘过的名字。刘过，字改之，号龙洲道人。词风豪放狂逸，与辛弃疾同时，过从甚密，亦有唱和。另外如《天龙八部》的"函谷八友"，名字各有所本或寄意，老大康广陵，明显是取以一曲《广陵散》留名后世的嵇康。《神雕侠侣》书中的"西山一窟鬼"，也是古代传统文学作品已出现的角色，最早见于宋代话本《西山一窟鬼》，到了明代，冯梦龙整理编入《警世通言》，名为《一窟鬼癞道人除怪》。其他如武功名目的设计，在上卷第九章谈武功招式名字时，就引述过金庸自己曾说："在成语里面，或者诗词与四书五经里面，找一个适合的句子来做那招式的名字。"总之在各本金庸小说中，这些名目引自中国文学和文化思想的例子甚多，无法穷举，就如陈墨在《文化金庸》一书中所说："金庸小说中的文化内容是随处可见的，书名、人名、地名、武功名称等等，无不有传统文化的知识和信息在。"

金庸小说引用的中国文学体裁中，以诗和词最多。这种情况与传统中国文学的情况是一致的。中国向来有"诗之国度"的称誉，不单是唐诗，古体诗或者唐以后的诗作和词曲，都非常蓬勃，而且不同朝代都出现非常出色和具代表性的作家及作品。因此诗和词不但成为金庸小说中最浓厚的文学引用，而且常成为故事结构推展，或者描写人物的重要布置，例如元好问的《摸鱼儿·问世间情是何物》，就成为塑造李莫愁这人物形象的重要设计。如果从题材来看，出现在金庸小说中而比较重要的文学作品，大多集中在爱情题材和人生哲学的思考。前者较多影响着人物的遭遇和情感性格，后者则多是与书中武功有密切关系。

在金庸小说中，这些中国文学的引用，不同作品的频度或密度是不同的，主要受到作品中的情境和人物形象的影响和限制。例如《天龙八部》的段誉，既是主角，又是书呆子一名，因此从他口中就自然冒出许多诗词文赋。《射雕英雄传》中，一灯大师的四大弟子"渔樵耕读"，其中的"读"朱子柳，是状元公，金庸当然要把他写得文雅多才，书中他与黄蓉由第一次见面到最后华山重遇，都离不开用诗文相互笑谑，而书中的黄蓉，虽然顽皮跳脱，但其实饱读诗文，由"归云庄"到遇上朱子柳，金庸都着力描写她的才智。即使到了《神雕侠侣》，她对自己的儿女和杨过，也常教导。倒过来看，如果小说中没有出现鲜明的文人才子形象，引用或者人物自己写作文学作品的机会就不多，像《连城诀》一书，都是不义之人多，读书人少，因此整个故事引用的文学作品就很少，这亦可见金庸引用中国文学，是配合作品的故事和人物情境的表达需要，并非勉强拼凑。

除了直接引用在人物言行、名字或武功等之外，金庸小说里的中国文学，还可以是一种化用，这像陈平原评论五四时期的新小说：

可以借人物创作旧体诗词（如郁达夫），但更多的是于故事叙述中自然而然带出几句唐诗宋词元曲，或者不直接引录，而是把旧诗的境界化在场面描写中。①

这种化在场面描写中，更或是作品情景气氛等情况，在金庸小说许多场面都可以见到。像上卷提及《鹿鼎记》第三十四回，写吴六奇江上高歌抒怀。这种文化精神或知识分子、英雄侠客的胸襟怀抱，在金庸小说中，不少场面都可以见到，当中流露了丰富的中国传统人文情味，陈岸峰说：

---

① 陈平原：《中国小说叙事模式的转变》，中文大学出版社（香港），2003 年，第 213 页。

小船忽然倾侧，风雨声中，吴六奇放开喉咙唱起"故国悲恋"之曲，吴、陈"两人惺惺相惜，意气相投，放言纵谈平生抱负，登时忘了身外风雨"。其实这便是《世说新语·雅量第六》第二十八则，谢安与王羲之及孙绰出海畅游所遇的惊险一幕。①

另外，如袁承志和温青青的相遇、陈家洛初见乾隆互相酬诗、莫大先生二胡奏出凄凉的《潇湘夜雨》、袁承志与李岩在长街遇到的盲眼老歌者等场面，都完全是中国古典文学中旧诗词的意境气氛，化入小说的场景和人物关系，不但自然，而且情味动人，例子多不胜数。林以亮（宋淇）访问金庸时，曾说：

第一点，你的小说，经常谈到中国儒家、道家、佛家的精神境界。第二点，里面也经常讲到中国文化传统道德标准：忠，孝，仁，义。第三点，你的文字，仍然保留了中国文字的优点，很中国化，并没有太像一般文艺作品造句的西洋化，这在异乡的中国人看来，就特别有亲切感。

金庸小说中还有一种文学作品，向来很多人喜欢讨论，那就是金庸自己的诗词创作，主要为书中的人物角色代写。本书上卷第一章最后，指出金庸在《书剑恩仇录》，用自己的笔墨

---

① 陈岸峰：《醍醐灌顶：金庸武侠小说中的思想世界》，中华书局（香港）有限公司，2015年，第161页。

才情，为书中的陈家洛和余鱼同各写了一首诗。金庸作为一流小说家，当然深晓配合笔下人物作文学铺排，所以一九七五年，他修订《书剑恩仇录》之后，就在《后记》为这些创作自谦地解释：

> 对诗词也是一窍不通，直到最近修改本书，才翻阅王力先生的"汉语诗律学"一书而初识平平仄仄。拟乾隆的诗也就罢了，拟陈家洛与余鱼同的诗就幼稚得很。陈家洛在初作中本是解元，但想解元的诗不可能如此拙劣，因此修订时削足适履，革去了他的解元头衔。余鱼同虽只秀才，他的诗也不该是这样的初学程度。不过他外号"金笛秀才"，他的功名，就略加通融，不予革除了。本书的回目也做得不好。本书初版中的回目，平仄完全不叶，现在也不过略有改善而已。

武侠小说的研究者和读者，经常喜欢将金庸、梁羽生和古龙三人合论或比较，大家都公认三人中，梁羽生的旧学根底较深厚，梁羽生自己也颇以此自赏自负，他化名佟硕之所写的《金庸梁羽生合论》中，就表达得很有信心：

> 梁羽生小说另一个特色是诗词的运用。书中人物，每每出口吟诗，有引用前人的，也有他自作的。有运用的场合不当的（例子以后再举），甚至有时也出现拙劣的歪诗……但持平而论，大体说来，还是瑕不掩瑜。他有劣作，也有佳作……以《白发魔女传》的题词为例，填的是"沁

园春”的词牌："一剑西来，千岩拱列，魔影纵横，问明镜非台，菩提非树，境山心起，可得分明？是魔非魔？非魔是魔？要待江湖后世评。且收拾，话英雄儿女，先叙闲情。风雷意气峥嵘，轻拂了寒霜妩媚生。叹佳人绝代，白头未老，百年一诺，不负心盟"……我看也是够水平的。在其他武侠作家中，能够自写诗词的，似乎还不多见。

《金庸梁羽生合论》发表于一九六六年一月香港《海光文艺》创刊号，一九八八年柳苏（罗孚）在北京《读书》月刊写《侠影下的梁羽生》，才揭露了佟硕之就是梁羽生本人。所以这里对梁羽生诗词水平的评价，是梁羽生的夫子自道。梁羽生的旧诗词写得好，不少读者都同意。相反，金庸的武侠小说虽然非常吸引人，但在旧文学的创作方面，则常被批评。上卷引述过梁羽生对他"宋代才女唱元曲"非常不欣赏，正是由于认为金庸自己不能写，所以要借古人作品来搪塞。

不过也有对古诗词深有认识的人认为金庸的旧诗词写得不错，吴宏一教授在《金庸小说中的旧诗词》一文中就为金庸力辩：

> 相反的，有些评论金庸诗词的人看到金庸自谦不识平仄格律，就信以为真，以为金庸的诗词创作未臻理想，只强调金庸小说中的诗词，在引用前人作品时，如何运用巧妙，如出己口。这如同古人所谓矮子看戏，随人短长。事实上，金庸学柏梁体，用四十句古体诗，来作为《倚天屠龙记》的回目，又连填了《少年游》《苏幕遮》《破阵

子》《洞仙歌》《水龙吟》五首词，来作为《天龙八部》的回目，在在可以看出他努力学习的成果和过人的创作才力。这些作品，虽然近于古人律赋或试律的写法，属于高明的文字游戏，但是也非常人所能。评论金庸诗词的人，应该看到这一点，才不致人云亦云。①

平心而论，如果不是从硕学巨儒的高度来要求，金庸的国学水平是相当不错的，如吴宏一所说的"也非常人所能"，即使常被批评的回目或诗词运用，也写过"霍霍青霜万里行"、"不识张郎是张郎"、"塞上牛羊空许约，烛畔鬓云有旧盟"等颇有情味，又配合章回内容的佳句。他没有完全放弃，而且从不同形式来尝试。在修订版的《鹿鼎记》第一回后，他也清楚说明集用查慎行诗中的对句作书五十回的回目："所以要集查慎行的诗，因为这些诗大都是康熙曾经看过的（"狱中诗"自是例外），康熙又曾为查慎行题过'敬业堂'三字的匾额。当然，也有替自己祖先的诗句宣扬一下的私意。"《天龙八部》和《倚天屠龙记》的回目都作了旧诗词的尝试，但却不用对仗形式，姑勿论好与不好，在当时也是一种尝试和领先，对后来古龙等不少武侠小说作家都产生了影响。

---

① 吴宏一：《金庸小说中的旧诗词》，收于《留些好的给别人》，明报出版社（香港），2004年，第167—168页。

第二章　民族形式

中国文学里，小说的发展，金庸武侠小说可以说是上承传统话本章回和史传传奇，横接西方和新文学带来的种种艺术展现与思考，融会结合得极佳的作品，由内容、情味、写法，把中国传统小说带进了更深邃，同时又更广阔的境界。

中国古典小说主要分为文言和白话两大源流，金庸的武侠小说从源流承继方面来说，是兼及两者的。谈中国古典小说，有一个很重要的观点，那是胡应麟说的："至唐人乃作意好奇，假小说以寄笔端。"这是指到了唐传奇，作者才出现对创作意识的觉醒，鲁迅承此说法，在《中国小说史略》中说："小说亦如诗，至唐代而一变"、"尤显者乃在是时则始有意为小说"。最重要的是有意创作故事以抒发内心情志，有主旨表达，这种创作意图是文学的重要元素，中国文学一向强调"诗骚"的传统，就是"诗以言志"。从这角度看，现代文学意义的小说体裁，在中国古代文学发展过程中，是到了唐传奇才真正出现的。

汉代有《列仙传》《神异传》；魏晋六朝的时候，已有像《世说新语》和《搜神记》等类近小说的作品出现，但皆形式短小，更接近随笔记录，故事和结构与后世小说不尽相同。唐代传奇之前，无论是《左传》《史记》等史传文学，或者是魏晋时候的"志人""志怪"小说，作者都是以写史实录式，即使像《搜神记》这样优秀的志怪作品，作者干宝在序里也自明写作动机是要"发明神道之不诬"。唐宋之后，话本小说兴起，最后形成明清两代的章回小说。

至于小说运用的语言，分笔记文言和白话两大系统。魏晋时候，志人和志怪两类笔记小说，先后出现，而且出现成功作品，影响后世小说的发展，特别是唐宋传奇，以至清代的《聊斋志异》。另一方面，明清两代开始出现渐次流行的侠义小说和公案小说，语言和故事情节通俗而入世，清代中叶之后，逐渐合流成为公案侠义小说。晚清至民初出现的武侠小说，不独故事题材和气氛意蕴出现了变化，书中游走江湖的人物也渐渐被重新刻画和完成。

一九九四年底，金庸在北京大学作公开演讲，内容后来收在《明报月刊》。在这次演讲中，他一开始就谈武侠小说的源流：

> 中国武侠故事大致有两个来源，一个是唐人传奇。唐人传奇主要有三种：一种讲武侠，一种讲爱情，另一种讲神怪妖异。另一个来源是宋人的话本。宋朝流行说书讲故事，内容大致可分为六种，包括讲历史、佛教故事、神怪、爱情故事、公案（侦探故事），还有一种就是武侠故事，都很受欢迎。总括来说，中国武侠小说有三个传统：一、诗歌；二、唐人小说；三、宋人话本。

金庸喜欢读传统小说。完成《越女剑》之后，金庸曾自述想为《三十三剑客图》各写一篇小说，他说："我很喜欢读旧小说，也喜欢小说中的插图。"沈西城在《金庸逸事》一书中回忆访问金庸时说："金庸说小时候，喜欢看小说，尤其是那些章回小说，是他最钟爱的读物，一看，神领心悟，铭记心中。不知读者们可有注意，金庸的小说，很有《水浒传》的味儿，《射雕英雄传》人物众多，都有绰号……比俪并肩，了无逊色。"在一九六九年八月，林以亮访问金庸，问他怎样开始写武侠小说。金庸直接地说：

> 最初，主要是从小就喜欢看武侠小说。八九岁就在看了，第一部看《荒江女侠》，后来看《江湖奇侠传》《近代侠义英雄传》等等。年纪大一点，喜欢看白羽的。

他在承继这些古典小说的传统过程中，明白需有所吸收改良，去芜存菁，形成了新的人物和伦理。由唐传奇开始，金庸不独喜欢看，而且很快很准确抓住了这些作品吸引读者的原因。他在《金庸作品集新序》指出：

> 武侠小说继承中国古典小说的长期传统。中国最早的武侠小说，应该是唐人传奇的《虬髯客传》《红线》《聂隐娘》《昆仑奴》等精彩的文学作品。其后是《水浒传》《三侠五义》《儿女英雄传》等等。现代比较认真的武侠小说，更加重视正义、气节、舍己为人、锄强扶弱、民族精神、中国传统的伦理观念。读者不必过分推究其中某些夸张的武功描写，有些事实上不可能，只不过是中国武侠

小说的传统。聂隐娘缩小身体潜入别人的肚肠，然后从他口中跃出，谁也不会相信是事实，然而聂隐娘的故事，千余年来一直为人所喜爱。

他喜爱这些故事，也明白多年来人们为什么喜爱。在承继传统小说方面，金庸重视的不是纯粹的人物和故事，而是整套蕴含和呈现的武侠小说伦理价值观，它当中包含着人物和故事，但整个藏在背后的中国传统文化、伦理思想、人与人相处的价值哲学，甚至是旧小说所惯用的语言形式，无一不是形成武侠小说的重要元素。武侠小说之为武侠小说，在金庸眼中，这种"中国化"不只是必要，而且也是能否吸引读者的原因。他在与梁羽生、百剑堂主合著的《三剑楼随笔》中，不止一次强调"民族形式"的重要：

> 我并不认为《书剑》有多大意义……如果它有什么价值，我想只有一点——"民族形式"。武侠小说是我国文化中一个历史悠久的传统，从唐代的《虬髯客传》《聂隐娘》一直流传到现代。我们写《三剑楼随笔》的人（即金庸、梁羽生和百剑堂主）模仿了古来作品的形式来写，因而合了中国读者的心理，唯一的理由只是如此。
>
> 当代许多文学家的作品就思想内容和文学价值来说，当然与《七侠五义》《说唐》等等不可同日而语，但为极大多数人一遍遍读之不厌的，主要的似乎还是一些旧小说。戏曲、建筑、音乐等等都在提倡民族形式，而当代的一般小说，它们的主要形式却主要是外来的。这种形式当

然很好，然而旧小说的形式似乎也大可利用。我们的武侠小说尽管文字粗疏，内容荒诞，但竟然许多文化水平极高的人也喜欢，除了它是民族形式之外，恐怕别无解释。

上面以及接下来引用的数段文字中，金庸提到"民族形式"是"价值"，也是"许多文化水平极高的人也喜欢"的解释，如果没有就"不像样"。这里金庸多次提到的"民族形式"，指向的都是旧小说的一些特点。作为历明清至五四新文学时期数百年发展而出现的新派武侠小说，金庸当然有意识地承接中国小说传统，而且认为必须保留一部分的传统风格，这在前文已经指出过，这里再补充一些。他向北京大学师生演讲时说：

> 中国的传统小说最近一段时期日渐式微，很少人用中国传统古典方式写小说，现在的小说大多数是欧化的形式。我曾在英国爱丁堡大学演讲，其中一个主题就是，中国古典传统小说至近代差不多没有了。近代有些小说写得很好，内容和表现方式都非常好，但实际与中国传统小说不同。不是说西方形式不好，但我们至少也应保留一部分中国的传统风格。我将来希望与北大中国传统文化研究中心多发生些关系。我觉得中国传统文化有很优秀的部分，不能由它就此消失。我们可以学习吸收外国好的东西，但不可以全部欧化（金庸接着讲述中国当代的戏剧、绘画、音乐、舞蹈、建筑、雕塑中如何仍保持明显的民族风格，而小说则与传统形式有重大距离）。

　　我想，武侠小说比较能受人欢喜，不因为打斗、情节曲折离奇，而主要是因为中国传统形式。同时也表达了中国文化、中国社会、中国人的思想情感、人情风俗、道德与是非观念。

　　金庸小说既然承袭中国传统小说，作者本身除了热爱，也深受中国传统小说影响熏陶，所以在作品里，很容易就看到这些中国传统小说的痕迹和影响。除了形式以章回为结构，许多地方都可以看到传统小说对金庸小说的影响。

　　他重视在小说中保留这些"民族形式"，这也是他运用诗词在作品中的考虑：

　　　　曾学柏梁台体而写了四十句古体诗，作为"倚天屠龙记"的回目，在本书则学填了五首词作回目。作诗填词我是完全不会的，但中国传统小说而没有诗词，终究不像样。这些回目的诗词只是装饰而已，艺术价值相等于封面上的题签——初学者全无功力的习作。（《天龙八部·后记》）

　　除了回目和间入诗词，传统章回小说也爱用"有诗为证"的说书人形式，金庸在这方面比梁羽生用得少很多，但仍偶有，特别是早期的作品，例如《碧血剑》第一回写到渤泥国的归附唐人，民风淳朴，后面就附"有诗为证"的章回小说写法。《射雕英雄传》开始，以说书人张十五引南宋诗人戴复古《淮村兵后》开始，到了全书结尾，又以晚唐诗人钱珝的一首五言小诗"兵火有余烬，贫村才数家。无人争晓渡，残月下寒沙"作结，也是传统小说常见的形式。金庸的做法不是偶然，而直接表明是为了上承传统说书：

> 我国传统小说发源于说书，以说书作为引子，以示不忘本源之意。（《射雕英雄传·后记》）

即使不是直接用说书之类的章回形式开始故事，金庸有时也会像传统章回小说写法一样，在开头由作者以说话人的身份介绍一番。《神雕侠侣》故事的开始就是先引一首欧阳修的《蝶恋花》词，拉开画幕的画面是一片江南美景清歌，然后作者以说书人身份先叙述说明一番："欧阳修在江南为官日久，吴山越水，柔情密（蜜）意，尽皆融入长短句中。宋人不论达官贵人，或是里巷小民，无不以唱词为乐，是以柳永新词一出，有井水处皆歌，而江南春岸折柳，秋湖采莲，随伴的往往便是欧词。"（第一回）

除了形式，有些情节和人物间关系或行为，都明显受到传统小说的影响。例如许多金庸笔下的男女主角，最后都选择飘然隐去，退出江湖，这当然是中国传统隐士文化的重要体现，所谓"天下有道则现，无道则隐"。其中《书剑恩仇录》的陈家洛和《碧血剑》的袁承志，本来都立志为国尽力，但最后目睹大势已去，不得不飘然远走他国，这样的情节，就与向被视为与武侠小说颇有渊源的唐代传奇《虬髯客传》非常相似。《虬髯客传》的结尾写虬髯客目睹中原有真主李世民出现，认为已无自己逐鹿争雄之地，便远走他国。临行时跟李靖和红拂女说：

> 虬髯曰："此尽宝货泉贝之数。吾之所有，悉以充赠。何者？欲于此世界求事，当或龙战二三十载，建少功业。今既有主，住亦何为？太原李氏，真英主也。三五年内，即当太平。李郎以奇特之才，辅清平之主，竭心尽善，必极人臣。一妹以天人之姿，蕴不世之艺，从夫之贵，以盛轩裳。非一妹不能识李郎，非李郎不能荣一妹。起陆之渐，际会如期，虎啸风生，龙腾云萃，固非偶然也。持余之赠，以佐真主，赞功业也，勉之哉！此后十年，当东南数千里外有异事，是吾得事之秋也。一妹与李郎，可沥酒东南相贺。"……贞观十年，公以左仆射平章事，适东南蛮入奏曰："有海船千艘，甲兵十万入扶余国，杀其主，自立。国已定矣。"公心知虬髯得事也，归告张氏，具礼相贺，沥酒东南祝拜之。

这样的例子有许多，例如在上卷谈第五章《史传散文》时，指出过《倚天屠龙记》中，光明右使范遥自残身体，与《史记》卷八十六《刺客列传》中"豫让吞炭"的故事情节非常相似，可以想象金庸构想此情节时，可能受到《史记》的影响。

有些情节处理，甚至模仿古典小说。如前文指出《书剑恩仇录》，中间插入一段陈家洛回到浙江海宁老家，重见与自己儿时一起长大的婢女，也很容易令读者联想到《红楼梦》中，贾宝玉与各婢女亲如兄妹的关系。金庸在接受林以亮访问时，就直接承认：

> 在写《书剑》之前，我的确从未写过任何小说，短
> 篇的也没有写过。那时不但会受《水浒》的影响，事实
> 上也必然受到了许多外国小说、中国小说的影响。有时不
> 知怎样写好，不知不觉，就会模仿人家。模仿《红楼梦》
> 的地方也有，模仿《水浒》的也有。我想你一定看到，
> 陈家洛的丫头喂他吃东西，就是抄《红楼梦》的。①

这种"抄"在金庸的第一部小说出现，但往后男主角与
婢女的亲密，甚至爱情关系，在金庸往后的小说陆续出现，但
处理已远远不同《书剑恩仇录》或者《红楼梦》，婢女成为书
中重要的角色，而且有着不同的性格和情感，包括阿朱、小昭
和双儿，不但人物形象鲜明活现，具体深刻，而且都与书中男
主角产生爱情，绝不是等闲角色。可以见到金庸在承继传统小
说人物处理的同时，发展了不同的艺术形象方向，产生强烈的
艺术效果。

金庸武侠小说本身就是中国文学的一种，除了中国传统形
式和情味，文学手法，例如结构布局、叙事语言，可以欣赏的
地方很多，而且亦已有不少论者曾经讨论。接受严家炎访问
时，金庸说："我的小说中有'五四'新文学和西方文学的影
响。但在语言上，我主要借鉴中国古典白话小说，最初是学

---

① 沈登恩：《诸子百家看金庸》第三辑，远景出版事业公司，1983 年，
第 33 页。

《水浒传》《红楼梦》，可以看得比较明显，后来就纯熟一些。"

除了语言，读金庸小说也会发现一些中国小说戏曲的特点，例如谐趣惹笑情节的布置。金庸小说好看，往往情节的张弛有道，令读者时而紧张肉紧，时而又开怀大笑。在小说中插入谐趣惹笑情节，却又完整合理，甚至能够推动情节发展，这是金庸小说技巧的另一门奇技，也是中国传统小说戏曲中，为照顾普罗读者观众而插入滑稽性特点的情节，特别是中国戏曲，悲剧如《窦娥冤》者，也会插科打诨，出现一些笑料。金庸小说的"笑位"，主要来自他塑造的人物角色，这些角色可以是主角，例如韦小宝，或者是配角，如周伯通；又或是一些再次要的角色，例如"桃谷六仙""太湖四侠""函谷八友"和《鸳鸯刀》中，那成天都在说"江湖上有言道……"的周威信。这里反映金庸的幽默诙谐，虽然外表谈吐相当呆板，予人拘谨的感觉，但内心跳脱玲珑，也只有具备这些特点，才能为不同人物角色铺设情境，写出引人入胜的故事情节。

第三章 人物形象

在中国小说发展史上，金庸小说的重大价值，除承接传统之外，也体现在回应二十世纪中国传统形式的小说（如武侠小说），在接受西方文学一再冲击熏染下，如何走出一条自己的路。像上文引过他自己的话："而当代的一般小说，它们的主要形式却主要是外来的。这种形式当然很好，然而旧小说的形式似乎也大可利用。"这种"外来"和"旧小说的形式"，在金庸小说中自不免会有结合交会之处。不少学者论及金庸小说与新文学运动以来的中国小说，总有一些或明或隐的关系，例如北京大学钱理群教授在《金庸的出现引起的文学思考》中说：

> 那么，或许可以说在以金庸为代表的武侠小说中，就得到了较为充分的发展。我们是不是可以从这个角度去探讨鲁迅的《故事新编》与金庸武侠小说中的某些内在联系呢？——其实，《故事新编》里的《铸剑》的"黑的人"就是古代的"侠"。提出这样的"设想"，并不是一定要将金庸与鲁迅拉在一起，而是要通过这类具体的研究，寻求所谓"新小说"与"通俗小说"的内在联系，

以打破将二者截然对立的观念。①

　　这种在古典小说以外，为金庸武侠小说寻找现代视野的做法，其实一点也不难，因为这本来就是金庸小说的一大特色和可观之处，其中最显而易见的就是对人物的处理。从小说理论的角度谈金庸对人物处理的切入，有两个重要的方向。一是人物塑造，其中亦可见金庸在写作过程中，如何借人物塑造，抒发情性和带出意旨；二是对"侠"的阐释。两者都是读金庸小说重要的认识维度，只是前者较倾向文学，后者则难免更多从文化伦理的角度，理解这武侠小说中几乎至为重要的人物形象类别。

　　相对来说，中国文化传统比较重视人的共性，这对中国戏曲小说的写作有很大影响。戏曲中出现"脸谱"，小说人物也容易有"类型化"的情况。明清之后，中国文学渐渐重视人物个性表达和塑造技巧，王骥德《新校注古本西厢记自序》说"实甫以描写，而汉卿以雕镂，描写者远摄风神，雕镂者深次骨貌"，完全是以人物描写技巧，决定作品艺术高下；孟称舜更直接说"撰曲者不化其身为曲中之人，则不能为曲"；金圣叹说《水浒传》："只是看不厌，无非为他把一百八个人性格，都写出来。"加上司马迁写《史记》以来，中国历史"人重于事"的纪传体历史书写观念，"人物"，就成为小说的灵魂。在这样的传统背景和西方小说的影响启示下，金庸的武

---

　　①　钱理群：《金庸的出现引起的文学史思考》，收于王敬三主编，金庸学术研究会编：《名人名家读金庸》，上海书店出版社，2000年。

侠小说，十分重视人物，甚至可以成为他下笔的"第一义"，这是他自己多次表明过的。他接受林以亮和王敬羲访问时说：

> 我个人觉得，在小说里面，总是人物比较重要。尤其是我这样每天写一段，一个故事连载数年，情节变化很大，如果在发展故事之前，先把人物的性格想清楚，再每天一段一段的想下去，这样，有时故事在一个月之前和之后，会有很大的改变，倘若故事一路发展下去，觉得与人物的个性相配起来，不大合理，就只好改一改了。我总希望能够把人物的性格写得统一一点，完整一点。

之后，他多次谈写小说的技巧时，都先谈人物的重要性。如果说这是他写小说的最大关注，争议不大：

> 我写武侠小说是想写人性，就像大多数小说一样。这部小说通过书中一些人物，企图刻画中国三千多年来政治生活中的若干普遍现象。影射性的小说并无多大意义，政治情况很快就会改变，只有刻画人性，才有较长期的价值。（《笑傲江湖·后记》）
>
> 我个人的看法，小说主要是在写人物，写感情，故事与环境只是表现人物与感情的手段。感情较有共同性，欢乐、悲哀、愤怒、惆怅、爱恋、憎恨等等，虽然强度、深度、层次、转换，千变万化，但中外古今，大致上是差不多的。人的性格却每个人都不同，这就是所谓个性。（《韦小宝这小家伙》）

　　基本上，武侠小说与别的小说一样，也是写人，只不过环境是古代的，主要人物是有武功的，情节偏重于激烈的斗争……小说是艺术的一种，艺术的基本内容是人的感情和生命，主要形式是美，广义的、美学上的美。在小说，那是语言文笔之美、安排结构之美。关键在于怎样将人物的内心世界通过某种形式表现出来……我最高兴的是读者喜爱或憎恨我小说中的某些人物，如果有了那种感情，表示我小说中的人物已和读者的心灵发生联系了。小说作者最大的企求，莫过于创造一些人物，使得他们在读者心中变成活生生的、有血有肉的人。（《金庸作品集新序》）

　　以上诸条，反映出金庸重视塑造人物形象。事实上，金庸小说的成功，善写人物可能是最重要的原因。金庸小说中家喻户晓的人物如郭靖、黄蓉、杨过、小龙女、令狐冲、韦小宝等多不胜数，即使不是主角，也会鲜明突出得几可融入现代汉语，成为某种意思的代词，如周伯通、岳不群、东方不败等，都几乎由小说中的专有人名，跳出文字，成为日常生活的形容词。这种小说人物的感染力和影响力，在文学史上，直追中国古代经典小说中贾宝玉、林黛玉、诸葛亮、孙悟空、猪八戒等艺术形象。这种人物和人性处理的成功，成为文学研究者判断金庸小说在中国文学史上有重要地位和意义的原因，所以当代学者也会认为：

　　　　武侠小说的成型是在清代，民国年间有了大的发展，被称为旧派武侠。旧派武侠在叙事描写、塑造人物上都有可观的成绩，但它们的最大不足在欠缺表现人性。金庸对武侠小说的最大发展是将非现实的武侠题材同探索人性结合起来，于无处可寻的江湖看出社会，于无处可见的英雄大侠读出丰富无比的人性，于神奇怪异的功夫显出文化特征。在他的笔下，武侠小说既有娱乐趣味，又有深入严肃的思考；它的题材纯粹是文学传统的产物，但在荒诞不经的想象里又蕴含丰富的社会内容。①

"探索人性"，让我们理解感受，反省思考，这些都是文学重要的使命和功能。金庸小说中的"武侠"和"江湖"，都只是故事情节和人物行为的外在框架，盛载着整个故事和所有人物的言语行径，可是当中重要的仍然是"探索人性"，至少我们从金庸自己的一再表达，很清楚看出这是他写作最重要的"意有所寄"之处。人物重要，因为小说写的是人，人的情感和性格，而只有这些在不同体裁的文学作品，不分古代和现代，是否经典，都是最核心的：

> 道德规范、行为准则、风俗习惯等等社会性的行为模式，经常随着时代而改变，然而人的性格和感情，变动却十分缓慢。三千年前"诗经"中的欢悦、哀伤、怀念、悲苦，与今日人们的感情仍是并无重大分别。我个人始终

---

① 刘再复：《金庸小说在二十世纪中国文学史上的地位》，收于沈阳《当代作家评论》1998 年第 5 期。

觉得，在小说中，人的性格和感情，比社会意义具有更大的重要性。(《神雕侠侣·后记》)

金庸写小说既重人物，所以较多时候是先有人物，然后再构想故事，而人物形象的塑造，又需要服膺于人物的性格，因此他说：

> 依我自己的经验，第一部小说我是先写故事的……后来写《天龙八部》又不同，那是先构思了几个主要的人物，再把故事配上去。我主要想写乔峰这样一个人物，再写另外一个与乔峰互相对称的段誉，一个刚性，一个柔性。这两个性格相异的男人。

虽然人性的探索在金庸小说中，似乎始终占守着第一位，但小说终是小说，是文学作品，因此更重要的是小说处理人物时，能同时紧扣着故事和情节，人物的性格和感情，决定了故事情节和人物角色的命运遭遇。这样的创作规律，金庸通晓且谨守。以《神雕侠侣》为例，书中杨过断臂，小龙女蒙污，都给两个人千灾万劫的爱情，加上更痛苦悲哀的伤害。读者或许认为这是金庸为制造两个人物角色的悲剧性，强加上去，可是从整体小说人物的安排上，郭芙和尹志平对两人身上所造成的伤害，在整本小说的人物关系网上，也是合理而自然的。对于杨过和小龙女的爱情，历经起落，曲折离合，金庸却认为是情理之内，而"须归因于两人本身的性格"：

　　杨过和小龙女一离一合，其事甚奇，似乎归于天意和巧合，其实却须归因于两人本身的性格。两人若非钟情如此之深，决不会一一跃入谷中；小龙女若非天性淡泊，决难在谷底长时独居；杨过如不是生具至性，也定然不会十六年如一日，至死不悔。当然，倘若谷底并非水潭而系山石，则两人跃下后粉身碎骨，终于还是同穴而葬。世事遇合变幻，穷通成败，虽有关机缘气运，自有幸与不幸之别，但归根结底，总是由各人本来性格而定。（《神雕侠侣·后记》）

　　所以在金庸小说的写作概念里，人物是主轴、最重要的，面对人物形象的塑造，故事情节需要配合，他在《金庸访问记》回答王敬羲提问：

　　故事的作用，主要只在陪衬人物的性格。有时想到一些情节的发展，明明觉得很不错，再想想人物的性格可能配不上去，就只好牺牲这些情节，以免影响了人物个性的完整。

　　"故事的作用，主要只在陪衬人物的性格"，这种人物和情节的配合，一方面固然可以倒过来影响着人物的言行和成长，金庸小说中的主角，或者其他角色，随着故事中的遭遇，性格和价值观等都会改变和成长，这是西方小说理论很基本的"圆形人物"（Round Character）观念。即再以《神雕侠侣》为例，杨过尽管如金庸自己形容的"深情狂放"，而且在书中自始至终都是痴情专一，至情至性，但整部《神雕侠侣》所跨越的数十年，也让读者看到杨过如何由一个机灵跳脱、满怀复仇恨意的小孩子，慢慢成长为顾念他人和家国、沉稳仁厚的一代武学宗师。

载道与个性

胡应麟说"唐人至有意为小说，假小说以寄笔端"，金庸作品，从立意载道的角度来看，亦可以看出金庸借人物来表达抒发的艺术态度。金庸多次说自己写小说没有"载道"的意图，只是希望写人性。他直接说明过文学不是用来"讲道理"的："我认为文学的功能是用来表达人的感情，至于讲道理，那就应该用议论性的、辩论性的或政治性的文章。"他第一次全面修订作品后，在《金庸作品集新序》中说：

> 我写武侠小说，只是塑造一些人物，描写他们在特定的武侠环境（中国古代的、没有法治的、以武力来解决争端的不合理社会）中的遭遇。当时的社会和现代社会已大不相同，人的性格和感情却没有多大变化。古代人的悲欢离合、喜怒哀乐，仍能在现代读者的心灵中引起相应的情绪。读者们当然可以觉得表现的手法拙劣，技巧不够成熟，描写殊不深刻，以美学观点来看是低级的艺术作品。无论如何，我不想载什么道。我在写武侠小说的同时，也写政治评论，也写与历史、哲学、宗教有关的文字，那与武侠小说完全不同。涉及思想的文字，是诉诸读

者理智的，对这些文字，才有是非、真假的判断，读者或
许同意，或许只部分同意，或许完全反对。

经过一次对自己作品全面而认真的检视，他在该新序中的
这种说法，当然可理解为他非常诚实而积累多年的对创作思考
的反省。他说"我不想载什么道"的同时，说自己只是"塑
造一些人物"。这种说法和做法，一方面固然令我们明白和注
意他描写人物的心理和技巧，但同时也反映了通过人物来表现
世界，恰恰正是金庸武侠小说"载道"的高明处，而且不能
以"通俗"两字来概括评定这些作品的品位：

> 我写小说，旨在刻画个性，抒写人性中的喜愁悲欢。
> 小说并不影射什么，如果有所斥责，那是人性中卑污阴暗
> 的品质。政治观点、社会上的流行理念时时变迁，人性却
> 变动极少。（《金庸作品集新序》）

金庸为了回应梁羽生《金庸梁羽生合论》的批评，曾写
过一篇《一个"讲故事人"的自白》，刊于《海光文艺》一
九六六年四月号，其中说：

> 我以为小说主要是刻画一些人物，讲一个故事、描写
> 某种环境和气氛……那是求表达一种感情、刻画一种个
> 性、描写人的生活或是生命，和政治思想、宗教意识、科
> 学上的正误、道德上的是非等等，不必求统一或关联。艺
> 术主要是求美、求感动人，其目的既非宣扬真理，也不是

分辨是非。

"艺术主要是求美、求感动人，其目的既非宣扬真理，也不是分辨是非。"这种对阅读者的感动，即使我们不用以"诗以言志""载道"名之，但事实上借故事和人物，金庸的小说当然起着抒情寄意的传统，而且感动着读者、提升着读者。金庸自己在这方面仍然是有意识和有意图的：

> 武侠小说虽说是通俗作品，以大众化、娱乐性强为重点，但对广大读者终究是会发生影响的。我希望传达的主旨，是：爱护尊重自己的国家民族，也尊重别人的国家民族；和平友好，互相帮助；重视正义和是非，反对损人利己；注重信义，歌颂纯真的爱情和友谊；歌颂奋不顾身的为了正义而奋斗；轻视争权夺利、自私可鄙的思想和行为。武侠小说并不单是让读者在阅读时做"白日梦"而沉湎在伟大成功的幻想之中，而希望读者们在幻想之时，想象自己是个好人，要努力做各种各样的好事，想象自己要爱国家、爱社会、帮助别人得到幸福，由于做了好事、作出积极贡献，得到所爱之人的欣赏和倾心。（《金庸作品集新序》）

从中国叙事文学发展的传统看，中国传统历史笔法和"诗以言志"的传统，都深深影响着中国小说的写法。陈平原评论五四时期的小说，指出"史传"的传统影响着中国历代叙事文学，特别是小说这重要的文类：

　　由此可见唐宋人心目中史书的叙事功能的发达。实际上自司马迁创立纪传体，进一步发展历史散文写人叙事的艺术手法，史书也的确为小说描写提供了可资直接借鉴的样板。这就难怪千古文人谈小说，没有不宗《史记》的……史书在中国文人心目中的地位也远比只能入子集的文言小说与根本不入流的白话小说高得多。以小说比附史书，引"史传"入小说，都有助于提高小说的地位。①

　　另一方面，史传文化的影响，亦始终成为任何中国传统小说基础上写作的小说家的叙事习惯和意识。杨义说：

　　史官文化在古中国具有监察政治、衡准人生价值的重要作用。这就形成中国叙事文学史的独特性，与西方在神话和小说之间插入史诗和罗曼史不同，它在神话传说的片段多义形态和小说漫长曲折的发展之间，插入并共存着代有巨构的历史叙事。换言之，中国叙事作品虽然在后来的小说中淋漓尽致地发挥了它的形式技巧和叙写谋略，但始终是以历史叙事的形式作为其骨干的，在一段相当长的时间中存在着历史叙事和小说叙事一实一虚、亦高亦下、互相影响、双轨并进的景观。小说又名"稗史"，研究中国叙事学而仅及小说，不及历史，是难以揭示其文化意义和

---

　　①　陈平原：《中国小说叙事模式的转变》，中文大学出版社（香港），2003年，第191页。

形式奥秘的。①

　　就像上卷第五章谈史传散文，引《吴越春秋》为例指出历史和小说的叠影重形，是中国叙事文学的一大特点。所谓史传传统，当然有这种虚实间的考虑，并通过人物在具体事件的行径，书写故事之余，带出作者的写作意旨。金庸笔下的《射雕英雄传》《神雕侠侣》《倚天屠龙记》《书剑恩仇录》《碧血剑》和《鹿鼎记》等作品，都有深嵌入故事结构中的历史背景，现实的家国天下糅合虚拟的江湖世界，无一不是故事和历史穿插得巧妙绝伦的作品。金庸小说对这种对传统的承传，除了"诗以言志"，当然也有着借人物故事来描述和呈现客观世界的意图，这是中国"史官文化"在叙事文学中的突出表现，但退一步而言，其实亦是作者的言志抒情，也就是论者所说的"诗骚"传统的流露。即由宋元话本以至明清章回，纵然写的和读的都重视娱乐功能，但小说和历史，并引发故事中产生"以史为鉴"的叙述意图，从来都是中国小说作者的特色。金庸在这方面亦一样，因此我们读《笑傲江湖》《侠客行》《天龙八部》和《鹿鼎记》，都读到金庸在具体故事和人物言行之外，灌注一己的家国肝胆与人文关怀，表达出来的强烈讯息，正是兼收传统中国文学"史传"和"诗骚"的文学功能。

　　二十世纪五十年代出现的金庸小说，难免受到新文学运动以来和西方文学的深刻影响。其中新文学对中国传统小说，特

---

① 杨义：《中国叙事学（增订本）》，商务印书馆，2019 年，第 15 页。

别是处理人物形象的重要影响，除了如陈平原说的"把注意力从人物的外在动作转向人物的内心世界"，也在强调人的个性展现，而且几乎成为五四时期作家的共识式口号。本来，中国文学至明清，展现个性的呼声其实已日渐高涨，明代公安三袁兄弟、李贽、徐渭，以至清代金圣叹等人，由作品、理论到批评实践，慢慢已织筑起这方面的基础，像袁宏道高呼的"大都独抒性灵，不拘格套，非从自己胸臆流出不肯下笔"，影响明清文学发展深远。

新文学时期，西学冲击，再加上承接这种文学传统，认为作品中展现个性非常重要。郁达夫为《中国新文学大系·散文二集》写的《导言》说："五四运动的最大的成功，第一要算'个人'的发见"；"现代的散文之最大特征，是每一个作家的每一篇散文里所表现的个性，比从前的任何散文都来得强"。冰心在《文艺丛谈（二）》高呼："请努力发挥个性，表现自己。"这种人的个性解放和探寻，在作者的角度，自然是自由和抒写个人心志的意向，这某程度上也直承中国文学传统里"诗骚"的言志，许多时候在故事和人物的完成过程中，倾注个人情感和意趣。中国文学里有金庸武侠小说，金庸武侠小说不只为"载传统的道"，而是借人物来展现大千世界种种人心色相，因此笔下人物都有独特面目，通过这些一一的面目，读者可以读出背后作者万千的心绪情思。

文学创作抒写个人情性，这是很基本的艺术原理。金庸写武侠小说，当然是个人艺术个性的追求和表达，同时在作品中，又会借人物和人物的处境，来书写这种人的个性的张扬与完成，其中最有意为之的作品，当然要数《笑傲江湖》：

在中国的传统艺术中，不论诗词、散文、戏曲、绘画，追求个性解放向来是最突出的主题。……要退隐也不是容易的事。刘正风追求艺术上的自由，重视莫逆于心的友谊，想金盆洗手；梅庄四友盼望在孤山隐姓埋名，享受琴棋书画的乐趣；他们都无法做到，卒以身殉，因为权力斗争（政治）不容许。对于郭靖那样舍身赴难，知其不可而为之的大侠，在道德上当有更大的肯定。令狐冲不是大侠，是陶潜那样追求自由和个性解放的隐士。风清扬是心灰意懒、惭愧懊丧而退隐。令狐冲却是天生的不受羁勒。在黑木崖上，不论是杨莲亭或任我行掌握大权，旁人随便笑一笑都会引来杀身之祸，傲慢更加不可。"笑傲江湖"的自由自在，是令狐冲这类人物所追求的目标。因为想写的是一些普遍性格，是政治生活中的常见现象，所以本书没有历史背景，这表示，类似的情景可以发生在任何朝代。（《笑傲江湖·后记》）

金庸塑造令狐冲这人物，固然是这种自由个性的重要展示，书中许多人都希望在桎梏的人生和生活中，找到自己心灵的寄托和出路。曲洋和刘正风固然是，梅庄四友也是，莫大先生也一样是。陈墨说："这部《笑傲江湖曲》——亦即'隐士之曲'——可以说是这部小说的一种隐隐约约的'主旋律'。"魏晋时代的"竹林七贤"狂放任诞，成为这部小说内里一种最强力的追求，心灵上的自由，自始是书中写出一种理想人物的追求，因此，书的结尾就颇堪玩味，余味不尽："（盈盈）说着伸手过去，扣住令狐冲的手腕，叹道：'想不到我任盈

盈，竟也终身和一只大马猴锁在一起，再也不分开了。'说着嫣然一笑，娇柔无限。"（第四十回）

陈平原曾指出小说引用诗词，是"诗骚"传统带来的抒情传统。至于所谓诗骚的传统，并不单只是指引用诗词于小说，而更多指作者借作品以抒情的艺术功能：

> 引诗词入小说构不成"五四"小说的特点，倒是"诗骚"入小说的另一层面——浓郁的抒情色彩，笼罩了几乎大部分"五四"时代的优秀小说。

这种引诗词入小说成为"诗骚"的浓郁抒情色彩，固然没错，在评价金庸武侠小说时当然可用，问题是金庸小说的"言志"或"抒情"，却更多是来自人物和作者，通过作品表现出来的个性，像《笑傲江湖》把传统的狂放隐逸，渗入通本的作品，而不在一诗一词的引用。这或许也是金庸重视人物形象的深层原因，因为那既是历史和文化的，同样，也是心理和人性的。而且既属于书中人物和读者——也属于作者。

侠之大者

武侠小说是"武"加"侠"的结构，怎样阐释"侠"的意蕴，许多是反映了作者对这种中国文学独特小说类别的理解和创作用心。金庸小说中的"侠"，与之前的旧派武侠小说不相同，由创作第一部《书剑恩仇录》到最后的《鹿鼎记》，由文武双全的世家公子、红花会总舵主陈家洛到不学无术、市井流氓韦小宝，我们可以发觉贯串在各小说中，他对"侠"有自己的理解与执着。紧紧抓住写作小说最重要的"人物"类别，但金庸不只是从技巧、心理描写这些理论层次进入，他还要为"侠"，这"人物群像"最重要的造型，一方面承传固有传统的旧有书写，一方面又注入现代新鲜的血液。

金庸写过一篇《韦小宝这小家伙》，发表在《明报月刊》一九八一年第一期，内里写到传统小说都强调"反"：

> 中国的古典小说基本上是反教条、反权威的。《红楼梦》反对科举功名，反对父母之命的婚姻，颂扬自由恋爱，是对当时正统思想的叛逆。《水浒传》中的英雄杀人放火、打家劫舍，虽然最后招安，但整部书写的是杀官造反，反抗朝廷。《西游记》中最精彩的部分是孙悟空大闹天宫，反抗玉皇大帝。《三国演义》写的是历史故事，然而基本主题是"义气"，而不是"正统"。《封神榜》作为小说并不重要，但对民间的思想风俗影响极大，写的是武王伐纣，"天下者非一人之天下，惟有德者居之"，最精彩部分是写哪吒反抗父亲的权威。《金瓶梅》描写人性中的丑恶（孙述宇先生精辟的分析指出，主要是刻画人性的基本贪、嗔、痴三毒），与"人之初，性本善"的正统思想相反。《三侠五义》中最精彩的人物是反抗朝廷时期的白玉堂，而不是为官府服务的御猫展昭。

这种不服从（反）是相对于压迫势力，像现代人爱说的"高墙"。金庸明白"侠"的意义不止如此，它还应包括更多的美好人性，与"武"和"反"这些"力量型"的表达，没有必然的关系，所以在文中又说：

> 武侠小说基本上继承了中国古典小说的传统。武侠小说之所以受到中国读者的普遍欢迎，原因之一是，其中根本的道德，是中国大众所普遍同意的。武侠小说又称侠义小说。"侠"是对不公道的事激烈反抗，尤其是指为了平反旁人所受的不公道而努力。西方人重视争取自己的权利，这并不是中国人意义中的"侠"。"义"是重视人与人之间的感情，往往具有牺牲自己的含义。"武"则是以暴力来反抗不正义的暴力。中国人向来喜欢小说中重视义气的人物。在正史上，关羽的品格、才能与诸葛亮相差极远，然而在民间，关羽是到处受人膜拜的"正神""大帝"，诸葛亮不过是个十分聪明的人物而已。因为在《三国演义》中，关羽是义气的象征而诸葛亮是智慧的象征。中国人认为，义气比智慧重要得多。《水浒传》中武松、李逵、鲁智深等人既粗暴，又残忍，破坏一切规范，那不要紧，他们讲义气，所以是英雄。许多评论家常常表示不明白，宋江不文不武，猥琐小吏，为什么众家英雄敬之服之，推之为领袖？其实理由很简单，宋江讲义气。

金庸赋予了"侠"更多的内容，义的重要内容就是感情："义是重视人与人之间的感情"，"武"则只是以暴力来反抗。金庸承继侠义小说的叙事精神，重要的地方是有所发展，重新赋予新的意义，明了此一关节，像韦小宝的"讲义气"，仍然是"侠"的特质的表现，所以陈家洛是侠，从某角度看，韦小宝也是侠。

金庸在北大演讲，谈到"侠"：

> 先谈一下武侠小说这个"侠"字的传统。在《史记》中已讲到侠的观念。中国封建王朝对侠有限制，因为侠本身有很大的反叛性，使用武力来违反封建王朝的法律。《韩非子》中说"儒以文乱法，侠以武犯禁"，就是站在统治者的立场表达了这个观点。我以为侠的定义可以说是"奋不顾身，拔刀相助"这八个字，侠士主持正义，打抱不平。历代政府对侠士都要镇压。汉武帝时很多大侠被杀，甚至满门被杀光。封建统治者对不遵守法律、主持正义的人很痛恨。但一般平民对这种行为很佩服，所以中国文学传统中歌颂侠客的诗篇文字很多，唐朝李白的诗歌中就有写侠客的……

"我以为侠的定义可以说是'奋不顾身，拔刀相助'这八个字，侠士主持正义，打抱不平"。这种对"侠"的理解和认识，本来就符合中国历史和传统文化的特质和发展方向。"侠"在中国传统有悠久的历史，余英时在《侠与中国文化》一文指出：

> 自汉代以来，中国社会一天天走上重文轻武的道路，"侠"作为武力集团终于解体了。所以中国的侠在军事史上从来没有扮演过重要角色，后来甚至也不必然和"武"

连在一起了。

亦儒亦侠而重侠不重武，使传统的"侠"早就有了"武"以外的含义，余英时进一步说：

> 中国文化自汉代始便有明显的重文轻武的倾向，与西方之尚武大异其趣……"侠"自东汉起便已开始成为一种超越精神，突破了"武"的领域，并首先进入了儒生文士的意识之中。所以我们论及"侠"对中国文化的长远影响，不能不特别注意"侠"和"士"的关系。

明清以来的旧小说，对侠义的阐述早已经不再停留在"以武犯禁"的理解，而更多强调"义"。余英时引何心隐的说法，然后指出：

> "儒"与"侠"本来便是合流的，因为二者同是"意气"落实的结果。但这显然是"侠"的观念改变以后所出现的新理论。"侠"与"武"可分可合，不再限于"以武犯禁"了……这一类"儒而侠"的人物大量出现，尤其是晚明社会的一大特色。

另外，"侠"的形象和意蕴在金庸武侠小说也大大不同，义和情成为最重要的内在元素。基本上，他承继了中国传统文化上"侠"的观念，同时又注入新而丰富的解读，比之前的武侠小说，或者更早期的侠义小说，人物更鲜明深刻，背后承载的文化精神价值，更为深厚。从小说创作的角度来看，当然影响了他对人性描写的方法与方向：

> 金庸以及他所代表的新派武侠小说沿着民初武侠小说道路发展，并有所突破，它真正对侠进行了现代阐释，完成了古典武侠小说向现代武侠小说写情的转化。金庸继承了民初武侠小说写情的传统，在义与情的矛盾中偏重于情。但金庸不限于写情，而是着重刻画侠的完整人格，即写人性。金庸把侠当作真正的人而不是理念化身来阐释……他以现代小说的写法来写武侠小说，而人性则是突破口。[①]

金庸小说中的侠，超越前人，有更多道德伦理的灌注，有更完整的人格，在承继传统小说的民族形式的同时，已不同于"风尘三侠"、宋江、李逵等人。许倬云指出：

> 到金庸后期的作品，武侠小说始探索人性本身，摆脱了两分法的公式，勾画了人性本身，呈现禅的意味。金庸笔下的悲喜剧，实际上已脱离了"侠"的窠臼，进入纯文学的境界，也就不宜再以任侠观念加以讨论了。[②]

[①]　杨春时：《侠的现代阐释与武侠小说的终结》，收于《金庸小说与二十世纪中国文学国际学术研讨会论文集》，明河社出版有限公司（香港），2000年，第181页。

[②]　许倬云：《任侠》，收于刘绍铭、陈永明编：《金庸小说论卷》（上），明河社出版有限公司（香港），1998年，第184页。

在上卷谈唐诗的时候，曾引用《神雕侠侣》第二十一回，郭靖借欣赏杜甫来教导杨过："文武虽然不同，道理却是一般的"；"人生在世，便是做个贩夫走卒，只要有为国为民之心，那就是真好汉，真豪杰了"。重侠不重武，是金庸武侠小说的重要意旨。因此前文指出他在书中设计的武术，没有真实武功作根据，反而是采取一种浪漫的联想描画的角度，把武功结合到中国文学和文化之上，而且强调读者形象化的联想和把握，这种读者接收的角度，则完全是文学创作的考虑。

儒而侠，大抵也是金庸的理解。这所谓"儒"，当然不是讲究读书人（儒）的学问，而是中国传统读书人所有的家国承担和仁厚正义，对国家和受苦的人，他们"奋不顾身，拔刀相助"。《神雕侠侣》第四十回，在华山之巅，朱子柳说郭靖不是朱家、郭解之辈，显出金庸对他笔下的"侠"，有自己的一套定义：

> 朱子柳道："当今天下豪杰，提到郭兄时都称'郭大侠'而不名。他数十年来苦守襄阳，保境安民，如此任侠，决非古时朱家、郭解辈逞一时之勇所能及。我说称他为'北侠'，自当人人心服。"（第四十回）

只是，金庸小说中的侠，还有"大小"之分，这"侠之大者"的"侠"，要求更高。不独重情重义，而且还有传统文化中许多对完整人格的期盼与承担。朱家、郭解是《史记·游侠列传》提到的人物，他们与郭靖的不同，是郭靖用一生"保境安民"，背后是道德和情义的公心。金庸在北京大学演讲，说过："侠主要是愿意牺牲自己，帮助别人，这是侠的行为。侠不一定是武侠，文人也有侠气的。"这种对"侠"的诠释和演绎，使金庸小说不但故事情节吸引读者，也为小说中的人物，特别是"侠"的人物，承接"重侠不重武"文化传统的同时，标举了"为国为民，侠之大者"的人格气魄，亦开展了更新更广阔的文学和文化视野，非常值得重视。

第四章　西方文学影响

　　研读金庸武侠小说的其中一个重要意义，是通过极受欢迎和称颂的文学作品，分析其上承中国传统小说文化，横接西方现代文学艺术等影响下，如何在二十世纪五十年代的香港，为武侠小说摸索突破，完成并留下一批优秀的小说作品。这样的讨论，不独对武侠小说，对中国文学和香港文学的认识理解，也很有意义。

　　金庸自谓所运用的小说语言，受中国古典白话小说影响很大，而且不欣赏西化形式，不过小说的表达手法上，则糅合很多西方文学和艺术的表现方式。西方文学在晚清开始大量传入中国，各种文体中，小说以非常突出和重要的姿态，自晚清开始，站在中国文学史前所未有的高度。梁启超高呼"小说乃文学之最上乘"，林琴南等人翻译了大批西方小说，令中国文人接触到完全不同于中国文学风格和习惯，特别是小说传统的西方文学。其后的五四新文学，出现了鲁迅、郁达夫等一大批受到东西洋文学影响深远的作家。因此，武侠小说的写作，不管是"旧派"或"新派"，受到西方文学以至后来五四新文学运动的影响和冲击，是自然不过的事情。像梁羽生，就曾在文章中直接承认自己写作武侠小说，受到西方文学影响：

《七剑下天山》这部小说是受到英国女作家伏尼契的《牛虻》的影响的……《七剑》之后的一些作品，则是在某些主角上取其精神面貌与西方小说人物的相似，而不是作故事的模拟。如《白发魔女传》主角玉罗刹，身上有安娜·卡列尼娜不能忍受上流社会的虚伪，敢于和它公开冲突的影子。《云海玉弓缘》男主角金世遗，身上有约翰·克里斯多夫宁可与社会闹翻也要维持精神自由的影子，女主角厉胜男，身上有卡门不顾个人恩怨，要求个人自由的影子……运用一些西方小说的技巧，如用小说人物的眼睛替代作者的眼睛，变"全知观点"为"叙事观点"……《云海玉弓缘》中金世遗最后才发现自己爱的是厉胜男，就都是根据弗洛伊德的潜意识理论。①

至于金庸，他在五十年代开始写作武侠小说，中国传统小说中的最主要类别的章回小说，对他自然有很大很深的影响，但以一个喜爱文学、博览中西群书的小说作者来说，西方小说特质和写法技巧对他产生影响，完全可以理解和想象，而且成为今天评论和欣赏金庸小说的重要切入点。沈西城在《金庸逸事》回忆金庸说：

　　到进大学，开始接触西方小说，其间，也看过不少侦探小说，因而觉得写武侠小说，单靠一种手法是不行的，

---

① 梁羽生：《与武侠小说的不解缘》，原载新加坡《联合早报》1999年6月11、12、18、19日。

最好多变。换言之，若能向西方文学取经，将中西写作技巧融汇结合起来，那就好了。不过，我绝不主张文字欧化，只——（语调坚定）借用西方技巧。

不主张文字欧化，但借用西方技巧，是金庸写小说的技法。这些西方文学的影响，在金庸武侠小说中清晰可见。读者大抵可从两方面观察思考：一者是以故事情节的切入或改写，另一方面是手法技巧或气氛情味。对于后者，固然需要更多的探讨和验证，而且金庸在多次接受影像或文字笔录的访问时，并没有流露出今天让我们直接取得结论的自觉表达。

以题材直接运用的，读者未必需要以索引的方法一一寻绎其来源，因为从赏析的角度看，作用不大，而且也常常误中副车。像《连城诀》中狄云的遭遇，总容易让人想到大仲马的《基督山恩仇记》，不过金庸自己在《连城诀·后记》明言，故事来自家中一位亲切的老人，长工和生：

> 这件事一直藏在我心里。《连城诀》是在这件真事上发展出来的，纪念在我幼小时对我很亲切的一个老人。和生到底姓什么，我始终不知道，和生也不是他的真名。他当然不会武功。我只记得他常常一两天不说一句话。我爸爸妈妈对他很客气，从来不差他做什么事。（《连城诀·后记》）

虽然如此，但金庸喜欢读大仲马，也是事实。他喜欢读西方小说，影响了写作的素材也是合情合理之事。杨兴安在

《金庸小说与文学》一书的第八章《小说素材与写作技巧》，引录和分析了一些金庸小说的情节，显示出金庸小说在这方面的特色。在明河社二〇〇七年出版的《金庸散文》中，其中两篇文章，分别是《观影之一：西方文学》和《观影之二：莎士比亚》，足见他对西方文学和电影有浓厚的兴趣和深刻的认识。一九九五年三月他接受内地学者严家炎的访问，谈了许多阅读西方文学的兴趣：

> 我在图书馆里一边管理图书，一边就读了许多书。一年时间里，我集中读了大量西方文学作品，有一部分读的还是英文原版。我比较喜欢西方18、19世纪的浪漫派小说，像大仲马、司各特、斯蒂文生、雨果。这派作品写得有热情，淋漓尽致，不够含蓄，年龄大了会觉得有点肤浅。后来我就转向读希腊悲剧，读狄更斯的小说。俄罗斯作家中，我喜欢屠格涅夫，读的是陆蠡、丽尼的译本。至于陀士妥耶夫斯基、列夫·托尔斯泰的作品，是后来到香港才读的……戏剧中我喜欢莎士比亚的作品。莎翁重人物性格、心理的刻画，借外在动作表现内心，这对我有影响。

此外，在各类西方小说中，侦探小说对金庸武侠小说也有明显的影响。接受林以亮访问时，金庸说自己很喜欢看西方侦探小说：

> 侦探小说我一向都很喜欢看。侦探小说的悬疑和紧

张，在武侠小说里面也是两个很重要的因素。因此写武侠小说的时候，如果可以加进一点侦探小说的技巧，也许可以更引起读者的兴趣……阿加莎·克里斯蒂，她的小说我差不多全部看过……喜欢的都是与本行有关的。譬如司各特、大仲马。他们在英国文坛、法国文坛，地位都不高，但是我个人却最喜欢看这类惊险的、冲突比较强烈的小说。

严家炎在《〈连城诀〉简评》一文，分析《连城诀》的布局结构，指出金庸受到侦探小说的影响，大大增强了小说的吸引力：

> 《连城诀》在情节构思上成功地吸取了侦探小说的一些套数。重大情节如神秘老丐的奇异出现，戚长发失踪之谜（先"逃"后"死"，"死"而又"逃"），连城剑谱之多次转移（得而复失，失而复得），连城诀数字之隐含意义，较小者如丁典狂暴凶狠地折磨狄云，血刀老祖与陆天抒在雪丘下较量，等等，无不令人疑窦丛生，悬念突起，可谓精彩异常。

不管是明清公案小说，还是西方侦探小说的影响，我们分析金庸其他作品，这种吸引读者追看，造成悬疑的手法并不少。当中精彩自然要数《射雕英雄传》中"铁枪庙"的一段。江南五怪在桃花岛上被杀，一直都是凶手未明，郭靖误会，读者也不肯定谁是凶手。直到铁枪庙众人相遇，黄蓉、傻姑和杨

174

康等人在"前台"，步步推理，逐步揭开当日桃花岛江南五怪之死的真相，"后台"的柯镇恶固然紧张惊战，读者一边读，也是一边既紧张又入迷。这样的悬疑情节在《倚天屠龙记》的冰火岛上、《笑傲江湖》中令狐冲被困西湖底、《天龙八部》中萧峰追查带头大哥及自己的身世之谜，都是紧凑迷离，非常吸引读者。

相比于故事情节和素材的引用挪移，金庸小说对于西方文学表达手法或写作技巧的运用，可能更值得重视。像分析《碧血剑》，会有明暗主角的说法，就如陈墨在《陈墨评说金庸》书中说："按照作者的构思，这部作品的主人公原是要写两个未出场的人物袁崇焕与夏雪宜，就像西方文学名作《瑞贝卡》那样写法。"

另一个经常被论者引用的例子是《雪山飞狐》。首先在故事的呈现，大家都会说小说仿效日本作家芥川龙之介《竹林中》。不过金庸明确说过，《雪山飞狐》是受《天方夜谭》的影响。细加比较，《雪山飞狐》是合众人之忆述，完整了当年整个故事，与芥川龙之介强调人的自私，重点稍有不同。不过这也是例子，可见金庸吸收现代和西方文学技巧时，对叙述故事的方法和角度有大胆和有意识的尝试，与此同时，一些现代西方文学中重视或强调的文学观念或手法，包括叙事观点、心理描写、象征暗示等，金庸武侠小说也会重视和运用。

谈小说写作，绕不过叙事观点的讨论。陈平原在《中国小说叙事模式的转变》一书，参照拉伯克、托多罗夫、热奈特的理论，区分出"全知叙事""限制叙事"和"纯客观叙事"三种叙事角度。① 从叙事角度的运用来看金庸武侠小说，基本上主要仍是传承中国传统小说的一路，惟其中又自有发展变化。陈平原说："可以这样说，在二十世纪初西方小说大量涌入中国以前，中国小说家、小说理论家并没有形成突破全知叙事的自觉意识，尽管在实际创作中出现过一些采用限制叙事的作品。"金庸小说的叙事角度，基本上以全知观点为基调，但限制叙事的运用却大量出现，而且各种叙事模式交错运用，自然流畅，令故事展现得丰富完整。这是一个大课题，篇幅所限，本书只能举一些例子，以展现金庸叙事手法纯熟圆畅，真正把传统小说的"说故事"，利用文字描写和不同叙述角度，令读者以丰富多变的角度进入，成为"写小说"的文学行为。

作者以全知观点为基调叙述故事，因此许多故事中人物不能知的事和理，在作者文字补缀中，读者不难明白。例如张无忌不清楚《九阳真经》为何在猿猴腹中，但通过作者的文字，读者可以知道；作者有时会跳出来，对书中人和事评论一番，像上卷第六章就谈及《鹿鼎记》结尾，金庸忍不住大谈"中国立国数千年，争夺帝皇权位、造反斫杀，经验之丰，举世无与伦比……"。这样的笔法，是《史记》"太史公曰"的史传传统，叙事观点则完全是作者无所不知的全知视角。

中国传统小说在发展过程中，也摸索和尝试不同的叙述角度，至少到了晚清民初的阶段，一些新的叙事手法和角度，在许多小说中已经出现。陈美林等人著《章回小说史》已指出：

---

① 陈平原：《中国小说叙事模式的转变》，中文大学出版社（香港），2003 年。

　　等到章回小说发展到《老残游记》时，像"老残"这样具有象征意义的叙述人，其叙述身份已经极为明显，而且他既是贯穿全书的人物，又算不上主要人物，因为他的性格、命运并不是作品所要塑造的主要目标。他在作品中的结构价值远远大于他的形象价值。

　　只是金庸更善于运用限制叙事，特别是借人物所看到和听到，或者是心里所想，描写表达。这本来是中国传统小说早有的技巧，一些成功的作品更有不少精彩示范，例如《红楼梦》中，宝玉和黛玉初次见面，曹雪芹便利用黛玉眼中所见描写宝玉。这样的人物描写方法，却是金庸擅长的惯技，层出叠用，效果奇佳。例如上卷说过金庸很喜欢程英这人物，他在《神雕侠侣》就借黄蓉来描写她：

　　　　这一日艳阳和暖，南风熏人，树头早花新着，春意渐浓。程英指着一株桃花，对黄蓉道："师姐，北国春迟，这里桃花甫开，桃花岛上的那些桃树却已在结实了罢！"她一面说，一面折了一枝桃花，拿着把玩，低吟道："问花花不语，为谁落？为谁开？算春色三分，半随流水，半入尘埃。"黄蓉见她娇脸凝脂，眉黛鬓青，宛然是十多年前的好女儿颜色，想像她这些年来香闺寂寞，自是相思难遣，不禁暗暗为她难过。（第三十八回）

　　《书剑恩仇录》第十六回借关明梅内心写陈正德："这时忽觉委屈了丈夫数十年，心里很是歉然，伸出手去轻轻握住了他手。陈正德受宠若惊，只觉眼前朦胧一片，原来泪水涌入了眼眶"；又从陈家洛和香香公主两人看在眼中，"相视一笑"，写这对老夫妻的可爱。这些都是善用观点人物的叙事技巧。

金庸在继承章回话本的"讲故事"，成为现代文学的"写小说"，自然更多利用现代文学或西方文学的技巧和文学观念。本来要说金庸小说的技巧特点，尚有很多，例如象征和暗示手法的自然巧妙。《神雕侠侣》的情花，《侠客行》的"狗杂种"，《笑傲江湖》的东方不败、《葵花宝典》，读者都可以有许多的联想比附，当中也暗暗呼应中国文学的"言有尽意无穷"的美学追求。不过其中和人物塑造关系较紧密的，是金庸武侠小说强调人物的心理描写和表现。这与前文指出金庸重视人物形象的小说观念相一致，西方小说的大批译作，再加上五四新文学小说家从理论和创作的数十年摸索、实践，到金庸小说，这种着重展现人物心理已是小说写作重要技巧，而且手法多了许多变化，与传统小说以直叙为主体的模式不一样。我们看《飞狐外传》中一段有关福安康和马春花的情欲描写：

马春花红着脸儿，慢慢走近，但听箫声缠绵婉转，一声声都是情话，禁不得心神荡漾。马春花随手从身旁玫瑰丛上摘下朵花儿，放在鼻边嗅了嗅。箫声花香，夕阳黄昏，眼前是这么一个俊雅美秀的青年男子，眼中露出来的神色又是温柔，又是高贵。她蓦地里想到了徐铮，他是这么的粗鲁，这么的会喝干醋，和眼前这贵公子相比，真是一个在天上，一个在泥涂。于是她用温柔的眼色望着那个贵公子，她不想问他是什么人，不想知道他叫自己过去干什么，只觉得站在他面前是说不出的快乐，只要和他亲近一会，也是好的。这贵公子似乎没引诱她，只是她少女的幻想和无知，才在春天的黄昏激发了这段热情。其实不是的。如果福公子不是看到她的美貌，决不会上商家堡来逗留，手下武师一个过世了的师兄弟，能屈得他的大驾么？如果他不是得到禀报，得知她在花园中独自发呆，决不会到花丛外吹箫。要知福公子的箫声是京师一绝，就算是王公亲贵，等闲也难得听他吹奏一曲。他脸上的神情显现了温柔的恋慕，他的眼色吐露了热切的情意，用不到说一句话，却胜于千言万语的轻怜密（蜜）爱，千言万语的山盟海誓。

福公子搁下了玉箫，伸出手去搂她的纤腰。马春花娇羞地避开了，第二次只微微让了一让，但当他第三次伸手过去时，她已陶醉在他身上散发出来的男子气息之中。夕阳将玫瑰花的枝叶照得撒在地下，变成长长的一条条影子。在花影旁边，一对青年男女的影子渐渐偎倚在一起，终于不再分得出是他的还是她的影子。太阳快落山了，影子变得很长，斜斜的很难看。唉，青年男女的热情，不一定是美丽的。马春花早已沉醉了，不再想到别的，没想到那会有什么后果，更没想到有什么人闯到花园里来。福公子却在进花园之前早就想到了。（第三章）

这一段引文稍长，但整体却不见冗沓。怀春少女与逾墙浪子偷情幽欢的描写，金庸绕过具体的事态和动作，而把描写焦点，进入人物的内心和意识感觉，具体动作不多，却把情迷意乱的马春花写得很生动。如果这一段尚未算得上用上很典型的西方现代小说技巧，那么苗人凤商家堡寻妻的一幕，更是描写人物内心情感的佳作：

> 南兰头上的金凤珠钗跌到了床前地下，田归农给她拾了起来，温柔地给她插在头上，凤钗的头轻柔地微微颤动……
>
> 自从走进商家堡大厅，苗人凤始终没说过一个字，一双眼像鹰一般望着妻子。外面下着倾盆大雨、电光闪过，接着便是隆隆的雷声，大雨丝毫没停，雷声也是不歇的响着。
>
> 终于，苗夫人的头微微一侧，苗人凤的心猛地一跳。他看到妻子在微笑，眼光中露出温柔的款款深情。她是在瞧着田归农，这样深情的眼色，她从来没向自己瞧过一眼，即使在新婚中也从来没有过。这是他生平第一次瞧见。
>
> 苗人凤的心沉下去，他不再盼望，缓缓站了起来，用油布细心地妥帖地裹好了女儿……
>
> 他大踏步走出厅去。始终没说一句话，也不回头再望一次。
>
> 大雨落在他壮健的头上，落在他粗大的肩上，雷声在他的头顶响着。
>
> 小女孩的哭声还在隐隐传来，但苗人凤大踏步去了。
>
> （第二章）

这一场也一样，具体动作不多，集中写人物的内心和情感。凤钗的象征，大雨、雷声映衬苗人凤内心痛苦挣扎，由盼望到最后死心，心理转折层次复杂，但金庸却没有为人物设计什么人物间的行动冲突，连一句对白也没有，只是借环境、雷雨，营造气氛，表达人物痛苦的内心世界和人物情感上的剧烈矛盾。这样的心理描写和处理方法，在中国传统小说里是很少见到的。如果再往中间穿插的一些段落看，作者同时并列不同人物的内心思想，既是重视心理描写，并以之呈现人物处境矛盾的做法，也可以清楚看到金庸武侠小说，在表现手法上，带着强烈的西方现代文学的影响，特别是着重心理描写：

> 她听到女儿的哭求，但在眼角中，她看到了田归农动人心魄的微笑，因此她不回过头来。
>
> 苗人凤在想：只盼她跟着我回家去，这件事以后我一定一句不提，我只有加倍爱她，只要她回心转意，我要她，女儿要她！
>
> 苗夫人在想：他会不会打死归农？他很爱我，不会打我的，但会不会打死归农？
>
> 苗若兰小小的心灵中在想：妈妈为什么不理我？不肯抱我？我不乖吗？
>
> 田归农也在想他的心事。他的心事是深沉的……
>
> （第二章）

至于如《越女剑》，重点写一个奇异女子的情感和心理。由文种到访不遇，镜头跳接到范蠡和越女阿青并坐在山坡草地上，各有所思，范蠡喃喃想念着西施，阿青眼中只有范蠡，要拔他的胡子。作者重视人物的心理描写，放弃设计角色间的正常对答，转而钻入人物内心，表达深刻的心理，这有点像茅盾在《人物的研究》中说的"牺牲了动作的描写而移以注意于人物心理变化的描写"。这样的处理，在此书中也是重要的，因为越女的情感和内心，书中没有直接告诉读者，而这恰恰也是此人物角色最吸引读者的地方。越女后来爱上范蠡，要杀西施，最后又被西施美貌打动而改变想法，前后的心理变化，就成为这本小说最留给读者余味想象的地方："她凝视着西施的容光，阿青面上的杀气渐渐消失，变成了失望和沮丧，再变成了惊奇、羡慕，变成了崇敬……"金庸武侠小说中，弃用离奇曲折的故事情节，转而表达复杂的人物内心情感和变化，当然也是现代文学重视展现人物心理的影响。

　　最后略谈一下小说语言。金庸小说的语言主要得力于传统汉语，上文引述的访问中，他已表达过，而且认为要小心不良的西化。整体来说，金庸运用的小说语言，吸收古典文言的蕴藉丰厚，也有来自传统白话小说的明朗畅净，融合现代散文。如黄蓉在见到华筝时，跟郭靖说："靖哥哥，我懂啦，她和你是一路人。你们俩是大漠上的一对白雕，我只是江南柳枝底下的一只燕儿罢啦。"这是传统文言表达的语言味道。在金庸各本小说中，《白马啸西风》的语言比较特别，经常会运用现代白话散文美文的写法，产生强烈的文学抒情味道。"时日一天一天的过去，三个孩子给草原上的风吹得高了……永远不能再回到从前幼小那样迷惘的心境了"，结尾描写文秀在爱情路上的失落与惘然，情味动人，是优秀的白话语言："如果你深深爱着的人，却深深的爱上了别人，有什么法子？白马带着她一步步的回到中原。白马已经老了，只能慢慢的走，但终是能回到中原的。江南有杨柳、桃花，有燕子、金鱼……汉人中有的是英俊勇武的少年，倜傥潇洒的少年……但这个美丽的姑娘就像古高昌国人那样固执：'那都是很好很好的，可是我偏不喜欢。'"

难怪陈墨称赞《白马啸西风》说："这部小说的叙事语言在金庸的小说中也就显得极为独特，它不完全是金庸一贯的那种以叙事为主体的炉火纯青的笔法，而是深藏着感伤情怀的美文语言及语调。读过其他的金庸作品，再来读这部小说，便会自然而然地感到它的独异之处。"从这方面看，《白马啸西风》已经是值得重视的金庸小说。

电影与戏剧

金庸于二十世纪五十年代开始创作武侠小说，比之于旧派武侠小说作家，或者更早的传统章回小说作者，除了西方文学，很容易可以发现他也受到电影和舞台剧的影响。这一点很多论者都指出过，例如邝健行在《金梁武侠小说长短谈》指出：

金庸从事过电影导演工作，熟悉电影手法，研究者有时也把他的小说跟西方电影技巧合起来讨论。譬如指出《射雕英雄传》里梅超风要扼杀郭靖之时，笔锋一转，而写梅超风对桃花岛旧事的回忆；但却不是平铺直叙，而是运用电影倒叙手法，复现当年的特写镜头，然后再接入现场之景。又例如《鹿鼎记》三十二回，一边是李自成与吴三桂的生命相搏，一边是陈圆圆对往事的回忆，就像电影银幕上画面交迭出现的手法，前例佟硕之指出，后例罗立群指出。

杨兴安在《金庸小说与文学》一书同样指出金庸小说的这种特色，而且予以很高的评价：

> 金庸写作技巧最重要的手段是在小说中运用影剧手法。金庸因为当过导演，研究过戏剧和电影，对场景的运用，视野的推拉，运用得奇妙之处，可说前无来者。对于把电影和舞台剧的手法融入文学作品之中，在我国即使不是第一人，也是运用得最好的一人。①

金庸接受严家炎访问时，也表示有这种电影或舞台剧手法的运用：

> 我在电影公司做过编剧、导演，拍过一些电影，也研究过戏剧，这对我的小说创作或许自觉或不自觉地有影

---

① 杨兴安在书中举出金庸运用舞台剧或电影手法处理的众多例子。例如：郭靖黄蓉在牛家村密室疗伤；《雪山飞狐》各人忆述带出故事；《飞狐外传》商家堡内；《天龙八部》段正淳的爱侣——死在眼前和珍珑棋局的一场。杨兴安：《金庸小说与文学》，新天文化发展有限公司出版（香港），2011年，第155页。

响。小说笔墨的质感和动感，就是时时注意施展想像并形成画面的结果。

正因为沉浸日久，甚至有时会不知不觉之间用上了：

> 写"射雕"时，我正在长城电影公司做编剧和导演，这段时期中所读的书主要是西洋的戏剧和戏剧理论，所以小说中有些情节的处理，不知不觉间是戏剧体的，尤其是牛家村密室疗伤那一大段，完全是舞台剧的场面和人物调度。这个事实经刘绍铭兄提出，我自己才觉察到，写作之时却完全不是有意的。当时只想，这种方法小说里似乎没有人用过，却没有想到戏剧中不知已有多少人用过了。（《射雕英雄传·后记》）

另一位金学专家严家炎，在他的《论金庸小说的影剧式技巧》一文，就此问题同样作了很多分析，也列举了很多例子说明。文章一开始就说：

> 金庸小说艺术上的成功，是多方面借鉴融会了中西文学艺术的结果，其中得力于戏剧、电影者尤多。在金庸看来，中国古典小说艺术表现上的有些特点，也是和戏剧、电影相通的。

除了这篇文章中引述的几种处理舞台的形态，[①] 视觉具象的处理，更多得力于电影感强烈的小说手法。镜头挪移，画面跳接式的文字书写和描画，在金庸武侠小说的确可以找到很多的例子，"电影感"十分强烈，就像《鹿鼎记》的开始：

> 北风如刀，满地冰霜。
>
> 江南近海滨的一条大路上，一队清兵手执刀枪，押着七辆囚车，冲风冒寒，向北而行。前面三辆囚车中分别监禁的是三个男子，都作书生打扮，一个是白发老者，两个是中年人。后面四辆中坐的是女子，最后一辆囚车中是个少妇，怀中抱着个女婴，女婴啼哭不休。她母亲温言相呵，女婴只是大哭。囚车旁一名清兵恼了，伸腿在车上踢了一脚，喝道："再哭，再哭！老子踢死你！"那女婴一惊，哭得更加响了。
>
> 离开道路数十丈处有座大屋，屋檐下站着一个中年文士，一个十一二岁的小孩。那文士见到这等情景，不禁长叹一声，眼眶也红了，说道："可怜，可怜！"（第一回）

《鹿鼎记》小说的开始，是充满电影感和视觉具象的。金庸下笔首先用"北风如刀，满地冰霜"八字，写出了大环境

---

① 严家炎在文章中列举了金庸运用这些手法的四种形态：第一种是小说场面固定犹如舞台；第二种是小说场面像舞台固定不变，人物主要在讲述别人的故事；第三种是小说场面变成舞台分隔成两半，大半在明处，小半在暗处；第四种是作者将有些人和事放到后台作暗场处理。

的背景气氛，然后把镜头落在押送囚车经过的清兵，清兵的凶残横暴，再落入不远处文士（吕留良）眼中，读者随着金庸的文字，也随着文士双眼所看，看到悲惨的景象。然后镜头推移至吕留良父女，接着黄宗羲和顾炎武等随之登场，再插叙吴之荣借《明史辑略》一书害死庄家上下的事。复杂纷繁的情节，条理清楚，画面和叙述自然流畅，正得力于这种电影镜头手法的运用。

这种电影感强烈的小说开始，在《白马啸西风》就更加鲜明具体，读者仿佛置身戏院观看电影：

> 得得得，得得得……得得得，得得得……在黄沙莽莽的回疆大漠之上，尘沙飞起两丈来高，两骑马一前一后的急驰而来。前面是匹高腿长身的白马，马上骑着个少妇，怀中搂着个七八岁的小姑娘。后面是匹枣红马，马背上伏着的是个高瘦的汉子。那汉子左边背心上却插着一枝长箭，鲜血从他背心流到马背上，又流到地下，滴入了黄沙之中……

先是声音配乐起，镜头由扬起的尘沙，出现白马李三一家三口。镜头不断移转，画面渐渐由受伤的李三，聚焦在受伤而流出的血，以近镜的形式，像画家工笔画出了浴血逃亡的艰险。这明显是电影镜头手法的运用，如果要拍成电影场景，镜头摆位甚至不需什么改动。这种写法，是受影剧的现代艺术方式影响而出现，与中国传统章回小说大不相同。

又如《鸳鸯刀》的开始，是一行"四个劲装结束的汉子并肩而立，拦在当路"，就是一个电影镜头。这看上去"劲道十足"的画面，配合后面太湖四侠的惹笑窝囊，效果更好。这种"近镜"，甚至"定镜"的电影手法运用，不独在小说开头，很多时候在小说结尾，也会运用。例如《雪山飞狐》的结尾，就常为人所讨论。结局以胡斐在举刀欲劈苗人凤的一刻凝住，既是开放式结局，也仿佛用定镜收结了全本小说："胡斐到底能不能平安归来和她相会？他这一刀到底劈下去还是不劈？"金庸在胡斐思索迟疑之际，插入苗若兰的思盼，是电影镜头交叠跳接的手法，效果强烈。此外，如《倚天屠龙记》结尾："张无忌回头向赵敏瞧了一眼，又回头向周芷若瞧了一眼，霎时之间百感交集，也不知是喜是忧，手一颤，一枝笔掉在桌上。"以物景结情，既是中国文学抒情作品常用手法，像姜白石《扬州慢》的"念桥边红药，年年知为谁生"。但同样也是镜头画面的巧妙运用，定格在细微事物，结束了《倚天屠龙记》洋洋四大册的江湖故事。

结　语

学术界中，很早就高度评价金庸武侠小说的陈世骧，在一九七〇年十一月二十日致金庸的信中说：

> 盖武侠中情、景、述事必以离奇为本，能不使之滥易，而复能沁心在目，如出其口，非才远识博而意高超者不办矣。艺术天才，在不断克服文类与材料之困难，金庸小说之大成，此予所以折服也。意境有而复能深且高大，则惟须读者自身才学修养，始能随而见之。细至博弈医术，上而恻隐佛理，破孽化痴，俱纳入性格描写与故事结构，必亦宜于此处见其技巧之玲珑，及景界之深，胸怀之大，而不可轻易看过。

的确，金庸凭着深厚的国学文化基础，再加上学兼中西，在他的武侠小说中，展现丰富多元的中西方文学文化元素，几乎毫无疑问在过去近百年的武侠小说家中，是融合古今和中西方文学文化于自己作品，达到艺术水平最高的一人。他上承中国传统文学文化，台湾大学周凤五在《须知书剑本来同》文中分析其"书剑合一"，正好说明这种融会贯通之功："我们可以发现，金庸'书剑合一'的观念，源自他对于传统书法艺术的了解与热爱。在写作技巧方面，他或融会书法理论，或撷取书法用笔，或吸取碑帖神韵，参互贯通，丝丝入扣，写来无不惬心当理，引人入胜。尤其若干招数之新，设想之奇，诚可谓前所未有，令人拍案叫绝。"这不是对古代和传统的简单直线承传，而是一种沉浸、热爱、尊重，交融而生的对传统文化和中国文学的深厚功力，同样难得而应注意的是，造就金庸小说的优秀艺术水平，还在于他对新文学和西方文学艺术的吸收融会。严家炎在《金庸的"内功"：新文学根柢》一文中说：

> 事实上，"五四"新文学和西方文学的影响，对于金庸武侠小说创作不是起着一般的作用，而是起着决定性的作用，可以说在很大程度上决定着小说的思想面貌和艺术素质。如果说中国传统文化构成了金庸小说丰富的建筑材料的话，那么，"五四"新文学和西方近代文学的修养造就了金庸小说的内在气质。金庸写武功时常常强调内功是各门功夫的基础。我们也可以说，"五四"新文学和西方文学的修养，就是金庸真正的"内功"，虽然他写的是武侠小说，表面上似乎只采用传统小说的方式和语言。金庸事实上是运用中国新文学和西方近代文学的经验去创作武侠小说、改造武侠小说的。中西古今的丰厚学养，使他的作品已突破了一般通俗文学水准而具有高雅文学的一些特质。

金庸不是诗人，是小说家。从学术渊源追溯，他学兼中西，曾经在电影公司当导演和编剧，对西方戏剧和戏剧理论很有研究，是熟悉现代艺术不同形式的洋才子。这样的学问背景和素养，令他的作品能"现代融会古典"，正是他把武侠小说这带有强烈中国形式的体裁，带出中国形式的框限，从宽阔的文学角度看，结合受西方文学影响的现代文学，在"新"与"旧"之间，取得融合和谐，吴宏一在《金庸小说中的旧诗词》一文中，评论金庸的旧诗词时说：

> 他在修订旧作时，增加改作了不少回目与诗词，而且不愿意被只当做"洋才子"看待，不愿意只围限于"新派"作家。他在修订旧作时，对与旧诗词有关的部分，似乎特别卖力。上面引文说他在修订《射雕英雄传》时，"开场时"增加了"张十五说书"的情节，我就觉得改得很好，"古意盎然"。就这一点来说，更能突显出金庸在武侠小说新派旧派交替之间的关键地位。他不会"旧"到今人敬而远之，望而生畏，但也不会"新"到令人觉得浅薄，不值得回味。

正是这种出入于"新旧"间的和谐优美，形成一种现代古典的吸引力和感染力，令金庸的作品比任何在他身前身后的武侠小说作家，贡献都重要很多，作品的文学价值也高很多。

不止新旧，更兼中西。中国小说史上的金庸小说，既继承传统中国小说从形式到精神意蕴的精华，又移用西方文学以至电影舞台剧等其他艺术形式的方法和技巧，在中国小说史上，达到前所未有的艺术水平高度。五十年代的香港，造就了这种兼具中西小说美学形式融合的可能。要重视和知道的是，金庸在这种环境下，写下了优秀的十五部作品，不独好看，在整个中国小说史上，是极其重要的一种文学成就。《文汇报》二〇一八年四月四日网上版的一段对金庸小说的评论，说得中肯：

> 金庸小说的读者基础在其兼具"独特性"和"普遍性"——独特在于关乎中国文化传统中的困惑和关怀，普遍在于对人性的观察和刻画是放之四海而皆准的。这使得语言和文化的差异无法阻止金庸小说的传播。

令人深思的是，金庸小说是中西文学结合的上佳示范和产物，这种情况在五十年代的香港文学艺术界，不同平台有不同的摸索者。像诗人马朗在一九五七年写了影响深远的名诗《北角之夜》，剧作家姚克在一九五六年写的《西施》，用现代艺术角度思考和演绎这传统的故事；粤剧编剧家唐涤生，也在这数年写了许多结合西方艺术表现方法的粤剧剧本。这种上承中国文学传统，横接西方文学和其他现代艺术，共同融会出优秀动人文学作品的例子，这年代不难见到。细读金庸小说，出入穿梭在中西古今，在曲折多姿的故事情节中，展现多元丰富的小说面貌和叙述结构。如果我们将金庸小说中的一些情节和表达方法，放在古今中外的文学比较中，可以找到不少这些既向上吸收承接中国文学传统的方法，又同时可以在现代文学或西方叙事文学等看到的技巧。例如《射雕英雄传》的最后，华山之上：

　　裘千仞脸色惨白，眼见凶多吉少，忽然间情急智生，叫道："你们凭什么杀我？"那书生道："你作恶多端，人人得而诛之。"裘千仞仰天打个哈哈，说道："若论动武，你们恃众欺寡，我独个儿不是对手。可是说到是非善恶，嘿嘿，裘千仞孤身在此，哪一位生平没杀过人、没犯过恶行的，就请上来动手。在下引颈就死，皱一皱眉头的也不算好汉子。"洪七公道："我是来锄奸，谁跟你论剑？"裘千仞道："好，大英雄大侠士，我是奸徒，你是从来没做过坏事的大大好人。"洪七公道："不错。老叫化一生杀过二百三十一人，这二百三十一人个个都是恶徒，若非贪官污吏、土豪恶霸，就是大奸巨恶、负义薄幸之辈。老叫化贪饮贪食，可是生平从来没杀过一个好人。裘千仞，你是第二百三十二人！"这番话大义凛然，裘千仞听了不禁气为之夺。洪七公又道："裘千仞，你铁掌帮上代帮主司徒剑南何等英雄，一生尽忠报国。你师父上官帮主一条铁铮铮的好汉子。你接你师父当了帮主，却去与金人勾结，通敌卖国，死了有何面目去见司徒帮主和你师父上官帮主？你上华山来，妄想争那武功天下第一的荣号，莫说你武功未必能独魁群雄，纵然当世无敌，天下英雄能服你卖国奸徒么？"这番话只把裘千仞听得如痴如呆，数十年来往事，一一涌向心头，想起师父素日的教诲，后来自己接任铁掌帮帮主，师父在病榻上传授帮规遗训，谆谆告诫该当如何爱国为民，哪知自己年岁渐长，武功渐强，越来越与本帮当日忠义报国、杀敌御侮的宗旨相违。陷溺渐深，帮众流品日滥，忠义之辈洁身引去，奸恶之徒蜂聚群集，竟把大好一个铁掌帮变成了藏垢纳污、为非作歹的盗窟邪薮。一抬头，只见明月在天，低下头来，见洪七公一对眸子凛然生威地盯住自己，猛然间天良发现，但觉一生行事，无一而非伤天害理，不禁全身冷汗如雨，叹道："洪帮主，你教训得是。"转过身来，涌（踊）身便往崖下跃去。（第三十九回）

对西方文化稍有认识的人，读了这一段，都很容易就会想起《圣经·约翰福音》第八章的片段：有人把一个犯了奸淫罪的妇人带到耶稣面前，说要用石头砸死她。耶稣说："你们当中谁没有犯过罪，谁就可以先拿石头砸死她。"结果没有人走出来。如果将两个情节片段深入比较，将会是中西方比较文化一个重要而艰深的课题，本文无意，也未必有能力做到。只是金庸小说中，能与西方文化观照并读，甚而思考讨论的地方其实不少。同样要注意的是，金庸小说这些情节和人物行为背后，却清晰明显地透出中国传统文化思想的浸育与熏陶，看洪七公这一番豪情壮语，背后是儒家思想那份"生命挺立""自反而缩，虽千万人吾往矣"的道德勇气。所以《论语》有载：

司马牛问君子。子曰："君子不忧不惧。"曰："不忧不惧，斯谓之君子已乎？"子曰："内省不疚，夫何忧何惧？"（《颜渊》第十二）

这是从思想内容举的例子，至于一些小说手法，亦可以见到金庸武侠小说这方面的特点。例如描写女子的美貌，不直接下笔，利用旁观者的反应来表现，在古今中外的文学作品，都可以找到。《书剑恩仇录》写香香公主和陈家洛为救小鹿，遇上了清兵，就表现她美得令人不忍，甚至不敢侵犯：

> 说也奇怪，这些兵士平素最喜凌辱妇女，但见了那少女的容光，竟然不敢亵渎，都是扑向陈家洛。（第十三回）

再往后一回的第十四回，就集中用清兵的"惊艳"来描写香香公主的美丽：

> 清军官兵数万对眼光凝望着那少女出神，每个人的心忽然都剧烈跳动起来，不论军官兵士，都沉醉在这绝世丽容的光照之下。两军数万人马箭（剑）拔弩张，本来血战一触即发，突然之间，便似中邪昏迷一般，人人都呆住了。只听得当啷一声，一名清兵手中长矛掉在地下，接着，无数长矛都掉下地来，弓箭手的弓矢也收了回来。军官们忘了喝止，望着两人的背影渐渐远去。兆惠在阵前亲自督师，呆呆地瞧着那白衣少女远去，眼前兀自萦绕着她的影子，但觉心中柔和宁静，不想厮杀。回头一望，见手下一众都统、副都统、参领、佐领和亲兵，人人神色和平，收刀入鞘，在等大帅下令收兵。（第十四回）

至此，金庸仍意犹未尽，继续借清兵和兆惠来描写香香公主美得不可方物：

兆惠的亲兵过来接信，走到她跟前，忽然闻到一阵甜甜的幽香，忙低下了头，不敢直视。正要伸手接信，突然眼前一亮，只见一双洁白无瑕的纤纤玉手，指如柔葱，肌若凝脂，灿然莹光，心头一阵迷糊，顿时茫然失措。兆惠喝道："把信拿上来！"那亲兵吃了一惊，一个踉跄，险些跌倒。香香公主把信放在他手里，微微一笑。那亲兵漠然相视。香香公主向兆惠一指，轻轻推他一下。那亲兵这才把信放到兆惠案上。兆惠见他如此神魂颠倒，心中大怒，喝道："拉出去砍了！"……帐下诸将见到她的容光，本已心神俱醉，这时都愿为她粉身碎骨，心想："只要我的首级能给她一哂，虽死何憾？"……兆惠素性残忍鸷刻，但被她一哂，心肠竟也软了，对左右道："把这两人好好葬了。"（第十四回）

这种不直接描写女子美貌，而以看见她容貌的人的反应来表现，在《碧血剑》和《鹿鼎记》描写陈圆圆美貌时，也用了类似的手法。而在西方，也有很早的渊源，古希腊失明诗人荷马在《史诗》描写海伦的美丽，手法相近。海伦的美貌引发了特洛伊战争，海伦为此很内疚。她走向特洛伊城上，俯望两军战士，当数万战士望着她时，全看傻了，海伦美到两军战士不愿开战，于是两军协议休战一天。可是在古老的中国，早在汉乐府诗中的《陌上桑》，也用了一样的手法：

日出东南隅，照我秦氏楼。秦氏有好女，自名为罗敷。

　　罗敷喜蚕桑，采桑城南隅。青丝为笼系，桂枝为笼钩。

　　头上倭堕髻，耳中明月珠。缃绮为下裙，紫绮为上襦。

　　行者见罗敷，下担捋髭须。少年见罗敷，脱帽着帩头。

　　耕者忘其犁，锄者忘其锄。来归相怨怒，但坐观罗敷。

　　这里只节录了此诗开首部分，描写罗敷的外貌，是《诗经》以来的白描手法。后面八句，则完全是借观者被罗敷美貌所吸引，因此"忘其犁""忘其耕"，最有趣之后还要互相怨骂，一副"如梦初醒"的模样。写观者是为了写被观者，但观者的憨态生动形象，也是笔力和可读之处。这种表面写观者，实是为了写被观者，在中国传统章回小说中不但可见，而且运用得纯熟。金圣叹评杨志与索超教场比武的一节，就曾重点指出此种技巧。这一回杨志大战索超，作者下笔却不写两人：

　　……月台上梁中书看得呆了。（夹批：不写索、杨，却去写梁中书，当知非写梁中书也，正深于写索超、杨志也。）两边众军官看了，喝采不迭。（夹批：不写索、杨，却去写两边军官。）阵面上军士们递相厮觑，道："我们做了许多年军，也曾出了几遭征，何曾见这等一对好汉厮杀！"（夹批：不写索、杨，却去写阵上军士。）李成、闻达在将台上不住声叫道："好斗！"（夹批：不写索、杨，却去写李成、闻达。又要看他凡四段，每段还他一个位置，如梁中书则在月台上，众军官则在月台上梁中书两边，军士们则在阵面上，李成、闻达则在将台上。又要看他每一等人，有一等人身份。如梁中书只是呆了，是个文官身份。众军官便喝采，是个众官身份。军士们便说出许多话，是众人身份。李成、闻达叫好斗，是两个大将身份。真是如花似火之文。）（眉批：一段写满教场眼睛都在两人身上，却不知作者眼睛乃在满教场人身上也。作者眼睛在满教场人身上，遂使读者眼睛不觉在两人身上。真是自有笔墨未有此文也。此段须知在史公项羽纪诸侯皆从壁上观一句化出来。）（《金圣叹批水浒传》第十三回）

括号内所引的是金圣叹的批语，他不但指出了《水浒传》作者上承了史传传统，更充分利用观者的反应，写出了索超与杨志恶斗的可观，而且细致地分析了不同观者的身份和层次。以之对比金庸描写香香公主的美貌，也不但正好结合中西方经典文学都曾运用的手法，而且利用士兵和大将军兆惠，身份地位不同，反应不同，但都表现描绘了香香公主惊艳绝世，动人也慑人的美丽，手法正与金圣叹分析《水浒传》相似。金庸没有说，但这种兼容中西文学手法，读者细读，清楚可见。

这种融会兼采，在金庸武侠小说中，有时已经纯熟自然得无斧凿痕迹。例如《侠客行》的开场，就兼具中国传统章回以至现代电影的镜头技巧。小说下笔引唐诗《侠客行》开头，这是传统章回小说惯见形式，然后金庸以说书人口吻介绍时空

历史，也是中国章回小说的程式化表达。可是再写下去，笔法
陡转。紧接人物正式出场，就将镜头落在小镇侯监集的一场争
夺"玄铁令"的生死相搏。接着的篇幅，以电影镜头将众人
的厮杀描绘得极具画面感。尤其精彩而电影镜头感觉强烈的处
理，是当大家为争宝各有人命伤亡，满目颓垣："闹了半天，
已黑沉沉地难以见物，众汉子点起火把，将烧饼店墙壁、灶头
也都拆烂了。呛啷一声响，一只瓦缸摔入了街心，跌成碎片，
缸中面粉四散得满地都是。"这时，金庸像电影导演般，继续
拿着镜头，从广阔的小镇长街的环境，慢慢聚焦在街角，拍摄
下最重要的一个画面："暮霭苍茫中，一只污秽的小手从街角
边偷偷伸过来，抓起水沟旁那烧饼，慢慢缩手。"这就是全书
主角石破天的出场，这"狗杂种"后来种种不幸的遭遇和屡
次被欺凌遗弃，在这镜头中似已预示和展现。《侠客行》全本
小说开场的一幕，气氛紧凑，情节逼人，结合传统中国古典小
说形式和现代电影镜头表现方法，场面处理既营造吸引读者的
气氛，亦配合人物形象，非常成功。

　　这种比较分析，让我们看到金庸小说内容思想和技巧手
法，背后是古今纵横的中西方文学融会。不过如果过分追溯，
未必有最理想的效果，这就像讨论金庸作品有时会有一种盲
点，就是努力为金庸作品的人物和写法找原型或承接的对象。
叶洪生在《论金庸小说美学及其武侠人物原型》，滔滔絮絮，
说了许多金庸人物原型，认为金庸塑造这些人物都或有所本，
例如说岳不群是卧龙生《玉钗盟》的"神州一君"易天行，
金庸直接否认："岳不群是伪君子，他的原型相信是孔子在
《论语》中所说的'乡愿，德之贼也'……中国社会中任何地

方，任何时代都有伪君子，不必到书中去找'原型'。"人物处理如此，文学手法也如此，分析过程中，我们条分缕析，爬梳金庸小说中的血脉源流，固然是负责任而有意义的行为，但同时亦要注意"粘连"有度，否则就只是琐碎钉饾的文学考究。吴宏一比较金庸和梁羽生的旧诗词运用时，曾概括总结：

> 我以为金庸小说中的诗词，不像梁羽生以抒情为主，而以叙事说理的居多，不管是出于他自己的创作或摘引前人的作品，这些诗词通常是用来描写书中的景物，或刻画角色的个性，或抒发书中人物的情感；它们随着情节的发展而自然呈现，随着书中人物的活动而充满新机能，它们变成了书中的一部分，读者不应只着眼于把它们独立出来讨论它们的出处。小说毕竟是小说，不要用做古典文献研究的功夫去苛求它。即使站在研究立场，探讨金庸诗词的来历，也应该注意及此。

我以为不但诗词，谈金庸小说中的中国文学，不论何种文体，都不应仅仅摘录，然后指出其技巧作用，再查考其出处，而是应该说明这些运用，整体地造就和形成金庸小说的艺术特色和风格，进一步可以看出金庸小说，在中国小说，甚至整个中国文学史，如何承继和影响着其他时代和作家的作品。由金庸小说里的中国文学，到中国文学里的金庸小说，我们可以更完整地认识金庸小说，也可以借此认识中国文学。

尽管本书在上卷条分类引地罗列了许多金庸小说中的中国文学元素，但这不代表我们应该如此割裂或零碎地理解金庸小说与中国文学的关系，而且认为那是重要的。相反，明白金庸小说徜徉在中西方文学技巧手法，吸收古典与现代文学艺术的叙述构建与表达处理，浸淫衍化，成就自己独特的艺术高度。可以说，他的小说，吸收承继数千年古典文学发展，兼采西方小说和影剧的表现手法，笔法、技巧和空间情味等，早跳出中国文学或艺术美学的框限，融合并取，成就整个二十世纪都无法复制的武侠小说巅峰。

附录 由红拂到黄蓉：
金庸笔下的女性慧眼

中国传统社会以男性为主，男尊女卑。孔子也说"惟女子与小人为难养也"，孔子是否歧视女性，并非本文要旨，但中国传统社会女性地位远不及男性，即从中国文学角度审视，无论由作者到作品内容和思想趣味，都明显可见。历代虽有班婕妤、苏蕙、李清照、朱淑真和柳如是等在不同时代互相辉映的优秀女作家，但比之男子，作家群的数目和整体成就相距甚远。只是在文学作品具体内容中，女性形象却经常成为被描写，甚至歌颂的对象，而在艺术处理上，又非常成功，成为研赏中国文学，必须重视的一环。

明清四大章回小说中，只有《红楼梦》集中写女性，而且艺术成就极高，其余三部作品中的女性，都不是重要角色，即使有，也常是祸水反派，这常见于中国传统英雄或历史演义性质的叙事文学。只是文学作品反映客观现实世界的人情事物感思，既不可能摒除女性人物，也合理自然写到女性的情感思想和遭遇处境。早在《史记》《搜神记》和《世说新语》等流传千世的优秀中国文学作品，就出现很多鲜明突出的女性人物形象。唐宋之后，叙事文学作品中的女性人物形象更多，而且常比男性人物形象更深刻更具表现力。唐宋传奇的红拂、李

娃、李师师，元代戏剧的窦娥、赵盼儿、红娘、崔莺莺，以及
明清小说的杜十娘、白素贞、杜丽娘、李香君、林黛玉、薛宝
钗及王熙凤等，都是中国文学史上的不朽女性人物艺术形象。

　　中国古代文学的作者群绝大部分是男子，他们以男性角度
下笔，流露和表达的亦多是男性趣味和伦理价值。与此同时，
以言志抒情的中国文学传统，文人的入世关怀，又令中国历代
文学展现同情女性，挖掘现实中女子被欺压的真相，反映批判
客观的时代和社会；而一旦这些在作品中的女性选择反抗的时
候，所形成的矛盾冲突，会更具艺术张力，这样的"性别关
怀"，或许是中国文学经常以女性为描写对象的重要原因。加
上闺怨、代拟等故意腾挪叙述角度的作品，男性作者每是别有
幽怀，中国文学中的女性描写，变得多元多层次，非常可观。

　　由这方面切入，金庸小说可谓上承了传统中国文学一个重
要的特色，而且予以发扬，达到更丰富多姿的层次情状。武侠
小说从源流看，由《史记》始，再下至唐宋的侠义传奇，英
雄儿女，结合历史兴亡，逐鹿问鼎，但却不像《水浒传》《三
国演义》等，不重视女性角色。相反，金庸武侠小说中塑造
了大批女性人物形象，鲜明动人，成功而甚至家喻户晓，成为
某种性格人物的定型，比之男性人物形象，无论艺术技巧和感
染力，都毫不逊色。例如小龙女、李莫愁、灭绝师太、香香公
主等，都成为某种女性形象特性的代称，一如我们说某女孩子
是"林黛玉"，就代表了某种性格气质。这种概括力和表现力
如此强烈的女性人物形象，遍读近二三百年的中国文学作品，
《红楼梦》之后，仅在鲁迅等现代文学优秀作家的小说中零星
出现过。

金庸笔下有面目性格名字的女性人物形象，以二三百计。众多人物，但性格身份以至行事，跨度之宽广和深邃，空前未见。由千金公主到青楼歌妓、大家闺秀到小家碧玉、如傻姑傻憨癫狂到黄蓉的蕙质灵巧；有超然物外仙子般的小龙女，也有意乱情迷的马春花，亦会有歹毒得有点变态的康敏；由极善良到极恶毒、极可爱到极讨厌的人物都有。即使同是佛门中人，也会有恒山三定、灭绝师太、仪琳和九难的分别，人物形象粲然大备，大大丰富了中国文学一直以来女性形象的性格和种类，单这一点，已是金庸武侠小说在中国文学上的重要发展和贡献。

写法上，金庸超出了传统描写女性人物的手法和角度。另一方面，众多女性人物性格气质相近者有，但绝不重复；在相近性格、出身或气质特性相近的女性人物中，金庸又经常能细致具体地写出其中的分别，绝少出现重复雷同，例如同是任性乖戾，被视作妖女，任盈盈、殷素素和赵敏有异样的爱恨；同是脱俗单纯，美艳惊世，香香公主、小龙女和王语嫣令人倾倒的原因不同；同是偏激凶狠的出家人，李莫愁和灭绝师太是两种执着；同是爱护子女的慈母，宁中则与闵柔流露了不同的刚柔；同是豪爽侠烈的女中豪杰，霍青桐、何铁手和胡夫人展现各自英风；同是可爱可怜的侍婢，阿朱、阿碧、双儿和小昭又是不一样；韦小宝七个老婆，就是七种风情七种个性的女性。这种各有面目，纤毫入细的笔法，也是《红楼梦》以来，不容易见到的例子。

要区别的是，跟中国文学的出色女性形象相比，金庸武侠小说中的女性人物虽然形象鲜明深刻，但很少会回应、反映或者介入作者所身处的年代，这是我们分析金庸女性形象，以至各色人物时，不应忽略或回避的情况。优秀的文学作品，总向内能刻画探索人性、情感、性格，就如金庸爱说的"写人物，就是要写人性"；但同时向外，也展现反映客观世界和时代的种种。唐传奇的小玉和莺莺，是高门大族和科举高扬下被歧视、利用的可怜女性；窦娥的苦难，是元代社会的"官吏每无心正法，使百姓有口难言"造成；杜丽娘的游园伤春，写出明代困人的时代精神；李香君的刚烈忠贞，只有在如明清交接的国亡之世，才表现得如此激动人心。

金庸小说的女性，尽管性格如何可人，刻画怎样具体生动，仍是故事中时代情景的人物角色，这是武侠小说先天上容易有的框限。武侠小说写人性，或者就如金庸自己在《笑傲江湖》后记解释为何故事没有时代背景所说："因为想写的是一些普遍性格，是生活中的常见现象，所以本书没有历史背景，这表示，类似的情景可以发生在任何朝代。"

对于读者来说，对这一大群女性人物的评品和喜恶，站在什么角度，取决于你的口味和兴趣。放不开的女性读者，看见金庸大部分作品都是一男多女的爱情结构模式，又或是无论多聪明美丽、骄蛮任性的女角，如赵敏、任盈盈、黄蓉，无一不折服在男主角的情爱之下，总难免有些不服气，或者要骂一句好大男人的金庸。客观地看，金庸较侧重从男性角度下笔，但他为许多男主角都注入令女角倾倒的元素，读者需留意这些元素往往是他在该部作品中，特别是前期作品，努力张扬弘显的价值观，例如陈家洛的忠、袁承志的义、郭靖的侠、杨过的情、张无忌的仁和令狐冲的隐逸自由。如果说金庸小说充满大男人主义，或者可以说，他是要把一切女性都写成倾心于这些他在书中努力张扬的价值观。

金庸武侠小说以男性角度下笔，男性趣味，写到女子，最容易流连于男女私情，所以金庸小说中的女性，不论身份地位、出家入世、年龄样貌、武功高低，大部分都绕不过"爱情"的关系。比之男性人物形象，金庸笔下的女性人物，为"情"所牵系影响更深。我特别要提的例子是黄蓉，因为在金庸小说的女性人物中，我最喜欢黄蓉——由东邪之女到郭大侠之妻。要说，还是先从黄蓉喜欢郭靖的爱情故事说起。

好郭靖，俏黄蓉！

金庸小说中的情侣，郭靖黄蓉经常被评为最不合理的一对。我的看法不同，我最喜欢这一对，而且认为不但合理，更是传统中国形式（金庸爱说）的才子佳人情爱价值观的武侠小说版示范。

与很多其他金庸小说的女主角不同，黄蓉的行事性格最像一般人，是以丈夫儿女为一切考虑的平凡妇人。她聪明机敏，智谋百出，有她在的场合，几乎都绝无冷场，在郭靖面前又永远的淘气可爱，即使到了《神雕侠侣》，仍然未改。《神雕侠侣》第二十七回写郭靖要砍掉郭芙一臂以还杨过，她为救女儿而用计点了丈夫的穴道：

> 黄蓉又将儿子放在丈夫身畔，让他爷儿俩并头而卧，然后将棉被盖在二人身上，说道："靖哥哥，今日便暂且得罪一次，待我送芙儿出城，回来亲自做几个小菜，敬你三杯，向你赔罪。"说着福了一福，站起身来，在他脸颊

上亲了一吻。郭靖听在耳里，只觉妻子已是三个孩子的母亲，却是顽皮娇憨不减当年，眼睁睁地瞧着她抿嘴一笑，飘然出门。

黄蓉聪明绝顶，在前后共八十回的《射雕英雄传》和《神雕侠侣》，可谓机谋百出，事事占上风，《神雕侠侣》中，一灯大师也誉之"大智大勇"。她虽然任性，但从来没有做越格狠辣之事，不像殷素素先用蚊须针打伤俞岱岩，后灭龙门镖局一家七十二口，铸下弥天大祸；至于赵敏，在万安寺以迷药围捉六大派高手，害死许多正派人士，手下又重创殷梨亭，全是难以补救的恶事，令自己和情郎爱情留下伤痕。黄蓉自认识郭靖，帮助他跟洪七公学艺、因郭靖要守金刀驸马的信约而肝肠寸断、为江南五怪遇害而受尽冤枉委屈、献计攻破花刺子模、活捉杀父仇人完颜洪烈、为他诞下两女一子，最后更陪伴他力守襄阳，一生相伴走过无数难关，如此好妻子好情人，人间难求！

许多人质疑，绝顶聪明的黄蓉，怎会喜欢愚鲁笨拙的郭靖，黄蓉应该嫁一个聪明机巧的人才合理。这是黄药师的想法，不是黄蓉的想法，最重要是绝对不是金庸和聪明读者的想法。在充满儒家思想精神的《射雕英雄传》里，洪七公和郭靖代表了人性的最高境界，郭靖的一生，由朴实忠厚的小子，到最后成为为国为民的一代大侠，是中国儒家仁义思想的具体展现。中国文化对人性的理解和期望，就是这种向善的发展和完成，"人人皆可为尧舜"，深藏在文化价值伦理中，成为期望和崇敬的对象，所以到最后，这位"北侠"，不但岳丈黄药师喜欢，而且百姓景仰倚仗，天下英雄都望风敬服。

黄蓉聪明跳脱，但内心趋慕的正是这种山洪七公和郭靖所代表的仁厚正直和侠义。所以细读整部《射雕英雄传》，黄蓉虽然顽皮胡闹，但对洪七公是打自心底里非常尊敬的，她喜欢郭靖，因为她清楚知道郭靖性格上的优点，而那是全书中标举的最高价值观。黄蓉选择郭靖，是预备了和他一起为成就"侠之大者，为国为民"而付出，决不言悔。在《射雕英雄传》的最后一回，两人来到襄阳，眼见孤城将破：

> 黄蓉道："蒙古兵不来便罢，若是来了，咱们杀得一个是一个，当真危急之际，咱们还有小红马可赖。天下事原也忧不得这许多。"郭靖正色道："蓉儿，这话就不是了。咱们既学了武穆遗书中的兵法，又岂能不受岳武穆'尽忠报国'四字之教？咱俩虽人微力薄，却也要尽心竭力，为国御侮。纵然捐躯沙场，也不枉了父母师长教养一场。"黄蓉叹道："我原知难免有此一日。罢罢罢，你活我也活，你死我也死就是！"

黄蓉可爱，因为她独具慧眼，用潮流说话是"识货"，在人人视郭靖为傻小子蠢材的时候，她已经毫不犹豫地喜欢他。郭靖没有令狐冲、杨过的机灵跳脱、油腔滑调；不像陈家洛、袁承志、张无忌和乔峰，很早便武功绝世，领导群雄，黄蓉认识郭靖时，他只是一个傻小子、大好人，与穆念慈倾心于杨康，恰可成为最好的对照。"众人皆欲杀，吾意独怜才"，这其实是中国传统小说戏曲中，常见而又深含的爱情价值。《射雕英雄传》中，黄蓉在湖上初以女装见郭靖时说："我穿这样的衣服，谁都会对我讨好，那有什么希罕？我做小叫化的时候你对我好，那才是真好"；黄蓉看重郭靖，道理何尝不一样！所谓"才子佳人"，"落拓秀才不遇，千金小姐后花园赠金"，就在这份慧眼和信任，宋元以至明清的小说戏曲，"十部传奇九相思"，说的常是这种爱情故事，用现代女性主义的学理看，或许会说这是男性趣味，性别倾斜，是对的，但这也是中国传统文学的现实。

　　黄蓉可爱，因为她在郭靖武功低微，中原武林人人不看重他的时候，选定了他。因为这份选定，愿意为了丈夫，放下自己，跟他走她独自一人不会走的路，过程中，也成就了自己光彩夺目的一生。《射雕英雄传》中的少女黄蓉，淘气也任性，当郭靖催促着要为王处一寻找解药，否则他可能会残废。她会生气地说："那就让他残废好了，又不是你残废，我残废。"可是到了《神雕侠侣》的故事中段，金轮法王来袭襄阳城，受重伤的郭靖想拼死保护妻子，金庸这样写："郭靖脸色微变，顺手一拉黄蓉，想将她藏于自己身后。黄蓉低声道：'靖哥哥，襄阳城要紧，还是你我的情爱要紧？是你身子要紧，还是我的身子要紧'？"这时的黄蓉，已非当年淘气小姑娘，而是大智大勇的郭夫人了。然后金庸再补一笔，写在窗外偷听到夫妻对话的杨过："却宛如轰天霹雳般惊心动魄。他决意相助郭靖，也只是为他大仁大义所感，还是以死以报知己的想法，此时突听到'国事为重'四字，又记起郭靖日前在襄阳城外所说'为国为民，侠之大者'、'鞠躬尽瘁，死而后已'那几句话，心胸间豁然开朗，眼见他夫妻俩相互情意深重，然而临到危难之际，处处以国为先，自己却念念不忘父仇私怨、念念不忘与小龙女两人的情爱，几时有一分想到国家大事？有一分想到天下百姓的疾苦？相形之下，真是卑鄙极了。"（第二十二回）。杨过的反应，深化了人物形象塑造，也提升了郭靖黄蓉夫妻的情义高度。同样地，这段爱情令人感动，也是中国传统情爱的动人处，就是为人丈夫的郭靖郭大侠，在滚滚滔滔的八十回江湖故事与戎马干戈中，也以一生的真情真爱和侠义高风回报，不负如来报尽红颜，让郭夫人也一样完美了自己的人格与爱情故事。

的确，由《射雕英雄传》过渡到《神雕侠侣》的人物，以黄蓉的变化最大最丰富，东邪、南帝、老顽童、丘处机、柯镇恶等，八十回故事的性格形象，变化不大，只有郭靖黄蓉，特别是黄蓉，具有丰富而合理的形象发展。手法上，也有最多与她映照的人物，由"射雕"的华筝、穆念慈、瑛姑、欧阳锋、朱子柳，到"神雕"的李莫愁、小龙女、杨过、郭芙、郭襄，甚至霍都……人物之间互相映衬对照，在黄蓉形象完成上，都产生了重大作用。金庸笔下的众多女子，能这样完整立体，多面多角度地描写刻画的，首推黄蓉。

郭靖黄蓉的爱情故事，在金庸小说中的另一独特处是跨度非常大。两人是《射雕英雄传》的男女主角，在《神雕侠侣》中，也是仅次于杨过和小龙女的主要角色，足足八十回的两部长篇，不止郭靖由愚钝小子，成长为一代大侠；黄蓉也同样是由少女到母亲，完成了数十年的人生发展。由于篇幅长，时空跨度大，她与郭靖白头到老的故事也最完整，成为立体而丰满的人物形象。无论是令狐冲和任盈盈、张无忌和赵敏、杨过和小龙女、袁承志和温青，在小说末段退隐，人物的故事也马上完结，只留下飘然远去的想像给读者。而郭靖黄蓉入世，故事在人间处处，最完整落实，一对好夫妻，为国为民，执手终老，少了童话式的留白，但更有真实感和感染力。

中国文学的才子佳人传统，其实就是这种在茫茫尘世中，看穿一切，直指两人情爱的中心，找到自己一生的"唯一"。所以唐传奇《虬髯客传》中，虬髯客临别中原，跟义妹红拂郑重地说："非一妹不能识李郎，非李郎不能荣一妹"。这个"识"字，是中国文化里有关爱情一贯的核心：一切情爱的悲喜甜苦、祸福荣辱之所在。红拂在乱世中，看重落拓而卑微的李靖，千里投奔，托付终身于这位唐史上不败的将军，是中国千古女性中，慧眼识人的代表；千多年后，金庸笔下的黄蓉，同样传承展现了中国爱情故事中，女性最牵动男子生死不负的青眼，成就了郭大侠与郭夫人的完美爱情故事。

后　记

　　答应出版社写一本金庸小说和中国文学关系的书，喜悦之余，原以为不用太费力。我自小就喜欢读金庸武侠小说，年青时已通读不止一遍，对中国文学更加耳鬓厮磨了多年，两件事放在一起，于我，是有一点把握和信心的。谁料，走进图书馆，才发觉原来有关讨论和分析金庸武侠小说的著作，早已琳琅满目，放满了一个近天花板的靠墙大书架，香港、台湾、内地都有……"金学"云云，原来比听闻中更加热闹蓬勃，而且当中也有专谈金庸小说和中国文学的关系。

　　写作期间要参阅的资料，远比预期的多，但在书写的过程，我知道自己正更多更新更深地发现金庸，这是有写作经验的人容易理解的感受。这种发现，实在也是一种重会、一种享受，我放下金庸小说多年，却一下子像重会多年的好友。这段日子，香港社会和学校工作都沧桑磨人，我一边感受、一边难过；一边思考、也一边写作。就这样，时光在肘畔悄悄流去；书，也在腕底默默完成了。

　　我是旧派人，不喜欢上网打机拨电话，而且一直缅怀着上世纪的五十年代。

　　我很喜欢，而又影响我进入中国文学世界的两位前辈天才：唐涤生与金庸，都在上世纪五十年代留下了不朽的杰作

——特别是一九五七年。这一年，唐涤生写了《帝女花》，金庸亦开始写连载的《射雕英雄传》，这两部作品，在香港数十年来家喻户晓，更重要是它们标志和带领香港文学艺术进入新的层次和高度。数十年来，想到他们，我像许多香港人一样，充满骄傲、欣赏和感激。

过去十年，我写了两部关于唐涤生剧作的书，这次能够为另一位由衷佩服的前辈——金庸——也写一本，兴奋难以名状。疏陋无学，书中谈的也只是供茶余饭后的无聊哂㗎，可是能够完成和出版，算是圆满了自己的写作期许，也能够向在我成长过程中，影响我价值观深远的金庸先生和他的作品致敬。为此，我深深感谢三联书店和梁伟基兄的邀约。

但愿读者喜欢这本小书！

二〇二一年十二月